DIMMA
Copyright © Ragnar Jónasson, 2015
Published by agreement with Copenhagen Literary Agency
ApS, Copenhagen

Edição: Felipe Damorim e Leonardo Garzaro
Assistente Editorial: Leticia Rodrigues
Tradução: Isabela Figueira
Arte: Vinicius Oliveira e Silvia Andrade
Revisão: Miriam Abões
Preparação: Lígia Garzaro

Conselho Editorial:
Felipe Damorim, Leonardo Garzaro, Lígia Garzaro,
Vinicius Oliveira e Ana Helena Oliveira.

Dados Internacionais de Catalogação na Publicação (CIP)
(Câmara Brasileira do Livro, SP, Brasil)

J76e

Jónasson, Ragnar

A escuridão / Ragnar Jónasson; Tradução de Isabela Figueira. – Santo André - SP: Rua do Sabão, 2023.

288 p.; 14 X 21 cm

ISBN 978-65-81462-22-2

1. Literatura nórdica. 2. Suspense policial. I. Jónasson, Ragnar. II. Figueira, Isabela (Tradução). III. Título.

CDD 839.5

Índice para catálogo sistemático
I. Literatura nórdica
Elaborada por Bibliotecária Janaina Ramos – CRB-8/9166

[2023] Todos os direitos desta edição reservados à:
Editora Rua do Sabão
Rua da Fonte, 275 sala 62B - 09040-270 - Santo André, SP.

www.editoraruadosabao.com.br
facebook.com/editoraruadosabao
instagram.com/editoraruadosabao
twitter.com/edit_ruadosabao
youtube.com/editoraruadosabao
pinterest.com/editorarua
tiktok.com/@editoraruadosabao

RAGNAR JÓNASSON

A ESCURIDÃO

Traduzido por Isabela Figueira

Dia Um

I

"Como você me encontrou?", perguntou a mulher. Havia um tremor em sua voz; ela estava assustada.

A detetive-inspetora Hulda Hermannsdóttir sentiu vontade de prosseguir, embora, veterana nesse jogo, havia aprendido a aguardar uma reação nervosa dos interrogados, mesmo quando não tinham nada a esconder. Ser interrogado pela polícia era uma coisa intimidadora, fosse em uma entrevista formal na delegacia ou em um bate-papo informal, como era o caso. Sentaram-se uma de frente para a outra em uma salinha de café, ao lado da cantina do asilo Reykjavík, onde a mulher trabalhava. Ela tinha cerca de 40 anos, cabelo curto, aspecto cansado, aparentemente perturbada com a visita inesperada de Hulda. Claro, poderia haver uma explicação inocente para isso, mas Hulda tinha quase certeza de que a mulher tinha algo a esconder. Ao longo dos anos, ela tinha falado com tantos suspeitos que acabou desenvolvendo a habilidade de detectar quando as pessoas estavam tentando esconder algo. Alguns podiam chamar de intuição, no entanto Hulda desprezou a palavra, relacionando-a com um sinal de preguiça policial.

"Como eu a encontrei...?", repetiu com tranquilidade. "Você não queria ser encontrada?" Estava distorcendo as palavras dela: de alguma forma, ela precisava começar a conversa.

"O quê? Sim..."

Havia um resquício de café no ar — não poderia ser chamado de aroma —, e a sala apertada era escura, a mobília era velha e horrorosa.

A mulher estava com a mão sobre a mesa. Quando ela a levantou em direção à bochecha outra vez, deixou uma marca úmida impressa na madeira. Normalmente, Hulda teria ficado satisfeita com esse sinal revelador de que tinha encontrado o culpado, mas ela não sentiu a satisfação habitual.

"Preciso lhe perguntar sobre um incidente que ocorreu na semana passada", Hulda continuou após uma breve pausa. Como de hábito, falou um pouco rápido, com voz amigável e otimista, parte da persona positiva que adotou em sua vida profissional, mesmo ao realizar tarefas difíceis como aquela. À noite, sozinha em casa, ela poderia ser completamente o oposto, com todas as reservas de energia esgotadas, deixando-a presa ao cansaço e à depressão.

A mulher concordou: estava claro que ela sabia o que estava por vir.

"Onde você estava na sexta-feira pela manhã?"

Ela respondeu prontamente: "No trabalho, até onde me lembro."

Hulda sentiu-se um pouco aliviada pela mulher não desistir de sua liberdade sem lutar. "Você tem certeza disso?", perguntou. Observando com atenção a reação da mulher, a detetive se recostou na cadeira, braços cruzados, em sua pose habitual de interrogadora. Alguns interpretariam isso como sinal de que estava na defensiva ou apática. Na defensiva? Até parece. Foi apenas para impedir que suas mãos a atrapalhasse e a distraísse quando mais precisava de foco. Quanto à falta de empatia, ela não sentiu necessidade de se envolver mais do que normalmente: seu trabalho já lhe custou o bastante. Costumava conduzir o inquérito com integridade e em um nível de dedicação que, ela sabia, beirava a obsessão.

"Você tem certeza?", repetiu. "Podemos checar essa informação sem esforço nenhum. Você não gostaria de ser pega mentindo."

A mulher não disse nada, entretanto seu desconforto era visível.

"Um homem foi atropelado por um carro", Hulda disse, com naturalidade.

"Hein?"

"Sim, você deve ter visto nos jornais ou na TV."

"O quê? Ah, talvez." Após um breve silêncio, a mulher acrescentou: "Como ele está?"

"Ele sobreviverá, se é isso que você está querendo saber."

"Não, na verdade não... eu..."

"Mas ele nunca vai se recuperar por completo. Ele ainda está em coma. Então você está ciente do incidente?"

"Eu... devo ter lido sobre..."

"Não foi relatado nos jornais, no entanto o homem era um pedófilo condenado."

Quando a mulher não reagiu, Hulda continuou: "Mas você já deveria saber disso quando o atropelou."

Ainda sem reação.

"Ele foi condenado anos atrás e cumpriu sua pena."

A mulher interrompeu: "O que a faz pensar que tenho alguma coisa a ver com isso?"

"Como eu estava dizendo, ele cumpriu sua pena. Mas como descobrimos isso durante a investigação, não significava que ele tinha parado. Veja bem, tínhamos motivos para acreditar que o atropelamento não foi um acidente, então fizemos uma busca no apartamento dele para tentar descobrir um possível motivo. Foi quando encontramos todas estas fotos."

"Fotos?" A mulher parecia extremamente abalada. "Do quê?" Ela prendeu a respiração.

"Crianças."

Era óbvio que a mulher estava desesperada para perguntar mais, embora não se tenha permitido.

"Incluindo seu filho", Hulda acrescentou, em resposta à pergunta que não havia sido feita.

Lágrimas começaram a escorrer pelo rosto da mulher. "Fotos... do meu filho", ela gaguejou, começando a soluçar durante o choro.

"Por que você não o denunciou?" Hulda perguntou, tentando não fazer isso soar como uma acusação.

"O quê? Eu não sei. Claro, eu deveria tê-lo denunciado... Mas eu estava pensando nele, sabe. Pensando no meu filho. Eu não suportaria fazer isso com ele. Ele teria que... contar às pessoas... testemunhar em juízo. Talvez tenha sido um erro..."

"Atropelar o homem? Sim, foi."

Após uma rápida hesitação, a mulher continuou: "Bem... sim... mas..."

Hulda esperou, abrindo espaço para a confissão da mulher, embora ela ainda não estivesse com aquela sensação habitual de conquista ao solucionar um crime. Quase sempre, ela se concentrava em se destacar em seu trabalho e se orgulhava dos inúmeros casos difíceis que havia solucionado ao longo dos anos. O problema agora era que ela não estava nem um pouco convencida de que a mulher sentada à sua frente era a verdadeira culpada do caso, apesar de demonstrar remorso. Quando muito, aquela pobre mulher seria a vítima.

Soluçando de modo incontrolável, a mulher disse: "Eu... observava...", então desmoronou, muito abalada para continuar.

"Você o observava? Você mora na mesma região, não mora?"

"Sim", a mulher sussurrou, controlando o tom de voz, a raiva emprestando uma força repentina. "Eu fiquei de olho no depravado. Eu não conseguia suportar a ideia de que ele poderia continuar fazendo essas coisas. Eu continuava acor-

dando com pesadelos, sonhando que ele havia escolhido uma nova vítima. E... e... e foi tudo minha culpa, porque eu não o denunciei. Você entende?"
Hulda admitiu. Ela entendeu, tudo bem.
"Então, eu o vi perto da escola. Eu tinha acabado de dar uma carona ao meu filho. Eu estacionei o carro e o observei — ele estava conversando com alguns garotos, com aquele... aquele sorriso nojento estampado no rosto. Ele ficou no *playground* por um tempo, e eu fiquei com tanta raiva. Ele não tinha parado — homens como ele nunca param." Ela enxugou o rosto, porém as lágrimas continuaram a cair.
"É."
"Então, de repente, tive minha chance. Quando ele deixou a escola, eu o segui. Ele atravessou a rua. Não havia ninguém por perto, ninguém que pudesse me ver, então, eu apenas acelerei. Eu não sei o que estava pensando — na verdade, eu não estava pensando." A mulher começou a soluçar alto mais uma vez e escondeu seu rosto com as mãos, antes de continuar, trêmula: "Eu não queria matá-lo, ou acho que não queria. Eu estava apenas assustada e com raiva. O que irá acontecer comigo agora? Eu não posso... eu não posso ir para a prisão. Somos apenas nós dois, eu e meu filho. O pai dele é um inútil. Não tem como ele ficar com meu filho."
Sem dizer uma palavra, Hulda levantou-se e colocou a mão direita no ombro da mulher.

II

A jovem mãe ficou ao lado do vidro e esperou. Como de costume, ela se arrumou para a visita. Seu melhor casaco estava parecendo um pouco gasto, mas o dinheiro estava apertado então este teria que servir. Eles sempre a fizeram esperar, como se quisessem puni-la, lembrá-la de seu erro e dar-lhe a chance de refletir sobre suas más escolhas. Para piorar as coisas, estava chovendo lá fora e seu casaco estava úmido.

Vários minutos se passaram, o que pareceu uma eternidade de silêncio antes de uma enfermeira finalmente entrar na sala trazendo a garotinha. O coração da mãe disparou como sempre, quando via sua filha através do vidro. Ela se sentiu oprimida por uma onda de depressão e desespero, mas fez um bravo esforço para escondê-la. Embora a criança tivesse apenas 6 meses e é improvável que lembre qualquer coisa sobre a visita, seu instinto de mãe a fez sentir que seria vital que suas memórias sobre esse momento deveriam ser positivas, que essas visitas deveriam ser ocasiões especiais.

A criança, no entanto, parecia longe de estar feliz e, pior, não demonstrou quase reação alguma à mulher do outro lado do vidro. Ela poderia estar olhando para uma estranha: uma mulher qualquer num casaco úmido a qual nunca vira antes. No entanto, não fazia muito tempo desde que estivera deitada nos braços de sua mãe na maternidade.

Eram permitidas duas visitas semanais à mulher. Não era o bastante. Toda vez que a menina vinha, sentia a distância entre elas aumentando: apenas duas visitas semanais e uma folha de vidro separando-as.

A mãe tentou dizer alguma coisa para sua filha; tentou falar através do vidro. Ela sabia que o som chegaria até a bebê, mas que bem suas palavras fariam a ela? A garotinha era muito jovem para entender: o que ela precisava era ser embalada nos braços de sua mãe.

Lutando contra as lágrimas, a mãe sorriu para sua filha, dizendo em voz baixa quanto a amava. "Coma bem", ela disse. "Seja uma boa menina para as enfermeiras." Na verdade, tudo o que ela queria era esmagar o vidro e arrancar sua bebê dos braços das enfermeiras, para abraçá-la bem forte e nunca mais soltá-la.

Sem perceber, a mãe chegou mais perto do vidro. Ela bateu nele de leve e a boca da menina se contraiu num sorrisinho que derreteu o coração de sua mãe. A primeira lágrima caiu e escorreu pelo seu rosto. Então, bateu um pouco mais alto, mas a criança se encolheu e começou a chorar também.

Incapaz de se controlar, a mãe começou a bater cada vez mais alto no vidro, gritando: "Dê-me ela, eu quero minha filha!"

A enfermeira levantou-se e saiu apressadamente da sala com a bebê; mesmo assim, a mãe não conseguia parar de bater no vidro e gritar.

De repente, a mulher sentiu uma mão firme em seu ombro. Ela parou de bater no vidro e olhou para a idosa que estava atrás de si. As duas já tinham se encontrado antes.

"Você sabe que isso não adiantará", a mulher disse com gentileza. "Nós não poderemos deixá-la visitar a criança se fizer um estardalhaço como esse. Você assustará sua garotinha."

As palavras ecoaram na cabeça da mãe. Ela já tinha ouvido isso tudo antes: que, para o bem da criança, não podiam formar um vínculo muito próximo; que isso apenas tornaria a espera entre as visitas mais difícil.

Não fazia nenhum sentido para ela, contudo fingia entender, apavorada de ser proibida de visitá-la.

Lá fora, na chuva novamente, decidiu que uma vez que voltassem a ficar juntas, ela nunca contaria à sua filha sobre esse tempo, sobre o vidro e a separação forçada. Ela esperava apenas que a garotinha não lembrasse.

III

Já eram seis horas da tarde quando Hulda terminou de interrogar a mulher, então foi direto para casa. Ela precisava de tempo para pensar antes de dar o próximo passo.

O verão estava chegando, e os dias estavam ficando mais longos, mas nenhum sinal do sol, apenas chuva e mais chuva.

Em suas memórias, os verões tinham sido mais quentes e luminosos, banhados pelo sol. Tantas memórias! Muitas, na realidade. Era incrível pensar que ela estava prestes a completar 65 anos, pois não sentia que tinha chegado na metade dos 60, não sentia que os 70 já estivessem surgindo no horizonte.

Aceitar sua idade era uma coisa; aceitar a aposentadoria era outra. Por desventura, não havia como fugir disso: muito em breve, estaria recebendo sua pensão. Não que ela soubesse como alguém de sua idade devesse se sentir. Sua mãe era uma velhinha aos 60, se não antes, mas agora, que era a vez de Hulda, ela não conseguia perceber a diferença real entre ter 44 ou 64 anos. Talvez tivesse um pouco menos de energia hoje em dia, que não se podia notar. Sua visão continuava muito boa, embora sua audição não fosse o que costumava ser.

Ela se manteve em forma, seu amor pelo ar livre era prova disso. Até tinha um certificado para provar que não estava velhinha. "Em excelente forma", o jovem médico havia dito — muito jovem para ser médico, claro — no seu último exame médico. Na verdade, o que ele havia dito era: "Em excelente forma para sua idade."

Ela manteve sua aparência, e seu cabelo curto ainda era naturalmente escuro, com apenas alguns fios de cabelo grisalho aqui e ali. Apenas quando se olhava no espelho notava os estragos que o tempo havia feito. Algumas vezes, não podia acreditar no que estava vendo, sentindo como se a pessoa refletida ali fosse uma estranha, alguém que ela preferia não conhecer, embora seu rosto fosse familiar. Umas raras rugas, as bolsas sob seus olhos, a pele flácida. Quem era essa mulher e o que ela estava fazendo no espelho de Hulda?

Ela estava sentada na poltrona, a poltrona de sua mãe, olhando para fora, através da janela da sala de estar. Não era grande vista; é o que se espera do quarto andar de um prédio da cidade.

Nem sempre foi assim. De vez em quando, ela se permitia ter um momento fugaz de nostalgia pelos velhos tempos, pela vida familiar em sua casa à beira-mar em Álftanes. Permitia-se lembrar. O canto dos pássaros tinha sido muito mais alto e persistente lá; você apenas tinha que sair para o jardim para estar perto da natureza. Claro, a proximidade com o mar fazia com que ventasse, mas o ar fresco do oceano, frio como era, tinha sido um conforto para Hulda. Ela costumava ficar na praia, abaixo de sua casa, fechar os olhos, encher sua mente com os sons da natureza — o estrondo das ondas, o grasnar das gaivotas — e o simples respirar.

Os anos passaram tão rápido. Não percebera a passagem do tempo desde que ela havia se tornado mãe, desde que havia se casado. Porém, quando começou a contar os anos, se deu conta de que foi há muito tempo. O tempo era como uma sanfona: um minuto comprimido, o próximo se estendendo interminavelmente.

Ela sabia que iria sentir saudades do seu emprego, apesar de todas as vezes que se sentiu ofendida por seus talentos não serem apreciados, apesar do teto de vidro em que, com frequência, batia a cabeça.

A verdade é que ela temia ficar sozinha, embora houvesse uma luz no fim do túnel. Hulda ainda não sabia qual rumo sua amizade com o homem do clube de caminhada estava tomando, mas as possibilidades se mostravam, ao mesmo tempo, tentadoras e inquietantes. Ela está solteira mais ou menos desde quando se tornara viúva e nunca fizera nada para encorajar as investidas do homem no início. Pensava nas desvantagens do relacionamento e se preocupava com sua idade, o que não era do seu feitio. Via de regra, fazia o possível para esquecer; pensava em si mesma como jovem de coração. Entretanto, dessa vez o número 64 tinha entrado em cena. Ela continuava perguntando a si mesma se era uma boa ideia começar um novo relacionamento nessa idade, mas logo percebeu que isso não era nada além de uma desculpa vazia para evitar se arriscar. Estava com medo, só isso.

O que quer que acontecesse, Hulda estava determinada a ir devagar. Não havia necessidade de se apressar. Ela gostava dele e podia facilmente imaginar passar seus últimos anos ao seu lado. Não era amor — esse ela havia esquecido como era —, entretanto amor não era um requisito para ficar com alguém. Parecia que eles compartilhavam uma paixão pelo ar livre, e ela gostava de sua companhia. Mas sabia que havia outro motivo pelo qual concordou em vê-lo de novo, depois daquele primeiro encontro. Se fosse honesta consigo mesma, saberia que sua aposentadoria iminente tinha sido o fator decisivo: ela não conseguia enfrentar a perspectiva de envelhecer sozinha.

IV

O *e-mail* perturbou Hulda, embora o pedido parecesse bastante simples. Seu chefe queria encontrá-la às nove da manhã para conversar sobre algumas coisas. O *e-mail* tinha sido enviado tarde na noite anterior, o que era incomum e não era do feitio dele querer começar o dia "falando sobre algumas coisas" com ela. Hulda estava acostumada a vê-lo fazendo reuniões pela manhã, nunca, porém, tinha sido convidada para uma delas. Estas não eram reuniões de trabalho, eram encontros dos rapazes, e ela, definitivamente, não fazia parte da gangue. Apesar de todos os anos em posição de responsabilidade, ela ainda tinha a sensação de que não desfrutava da total confiança de seus superiores — ou de seus subordinados. A administração não tinha sido capaz de ignorá-la completamente quando se tratava de promoção, mas ela não conseguiu mais subir de cargo. As vagas para as quais se candidatou continuaram sendo ocupadas por seus colegas mais jovens, do sexo masculino, e, no fim das contas, ela aceitou o inevitável. Em vez de se candidatar, contentou-se em fazer seu trabalho como inspetora detetive tão bem quanto podia.

Assim, caminhou pelo corredor, um pouco apreensiva, até o escritório de Magnús. Ele atendeu à porta de imediato, afável como sempre, tirando o fato de que Hulda teve a sensação de que a simpatia era superficial.

"Sente-se Hulda", ele disse, e ela eriçou-se diante do que considerava ser uma nota de condescendência em sua voz, consciente ou não.

"Tenho muita coisa para fazer", ela disse. "É importante?"

"Sente-se", ele repetiu. "Nós precisamos conversar um pouco sobre sua situação." Magnús tinha quarenta e poucos anos, tinha subido de posição bem rápido. Ele era alto e saudável, embora estranhamente magro na parte de cima do corpo para um homem de sua idade.

Ela sentou-se, desapontada. Sua situação?

"Você não tem muito tempo agora", Magnús começou sorrindo. Quando Hulda não disse nada, ele limpou a garganta e tentou outra vez, um pouco mais desajeitado: "Quero dizer, esse é seu último ano conosco, não é?"

"Sim, você está certo", ela disse, hesitante. "Vou me aposentar no final do ano."

"Exato. É o seguinte..." Ele fez uma pausa, como se escolhesse suas palavras com cuidado: "temos um jovem rapaz vindo trabalhar conosco no próximo mês. Um verdadeiro achado."

Hulda ainda não tinha certeza de onde essa conversa iria chegar.

"Ele vai substituir você", Magnús continuou. "Nós temos muita sorte de ele vir trabalhar conosco. Ele poderia ter ido trabalhar no exterior ou no setor privado."

Ela sentiu como se tivesse levado um soco no estômago. "O quê? Me substituir? O que... o que você quer dizer com isso?"

"Ele vai assumir seu trabalho e seu escritório."

Hulda ficou sem palavras. Os pensamentos começaram a passar pela sua cabeça. "Quando?" ela perguntou, rouca, perscrutando sua voz.

"Em duas semanas."

"Mas... mas o que vai acontecer comigo?" A notícia abalou-a muito.

"Você pode ir embora agora. Não lhe resta muito tempo de qualquer maneira. É uma questão de apenas antecipar sua data de saída em alguns meses."

"Ir embora? Agora?"

"Sim. Com pagamento integral, claro. Você não está sendo demitida, Hulda, só vai tirar uns meses de licença e depois vai continuar com sua pensão. Isso não afetará a quantia que você recebe. Não há por que parecer tão surpresa. É um bom negócio. Eu não estou trapaceando."

"Um bom negócio?"

"Claro. Você terá mais tempo para curtir seus hobbies. Mais tempo para..." Sua expressão traiu o fato de que ele não tinha ideia do que ela fazia em seu tempo livre. "Mais tempo para passar com..." Mais uma vez ele parou no meio da frase: ele deveria saber que Hulda não tinha família.

"É gentileza sua oferecer, mas não quero me aposentar mais cedo", Hulda disse com firmeza, tentando controlar sua expressão. "De qualquer maneira, agradeço."

"Na verdade, não foi uma oferta: eu já tomei minha decisão." A voz de Magnús ficou mais dura.

"Sua decisão? Não posso dizer nada?"

"Desculpe, Hulda. Precisamos de seu escritório."

E se cercar de uma equipe mais jovem, ela pensou.

"É assim que você me agradece?", disse, com a voz trêmula.

"Não leve isso tão a mal. Isso não reflete suas habilidades. Deixe disso, Hulda: você sabe que é uma das melhores policiais que temos — ambos sabemos disso."

"Mas e quanto aos meus casos?"

"Eu já aloquei a maioria deles para outros membros do time. Antes de ir embora, você pode sentar-se com o cara novo e colocá-lo a par da situação. No momento, o seu maior caso é o do atropelamento do pedófilo e fuga do responsável. Fez algum progresso?"

Ela pensou por um momento. Teria sido satisfatório para seu ego terminar brilhantemente: caso encerrado, a confissão está no saco. Uma mulher que, em um momento de loucura, fez justiça com as próprias mãos para evitar que mais crianças caíssem nas garras de um abusador. Talvez houvesse uma espécie de justiça no ataque, uma justiça vingativa...

"Receio que não esteja nem perto de resolver esse caso", ela disse, depois de uma pausa. "Tenho para mim que foi um acidente. Aconselho arquivar o caso por enquanto e esperar que o motorista se apresente no devido tempo."

"Hum, certo. Ok, tudo bem. Faremos uma pequena recepção para dar-lhe uma despedida formal ainda este ano, quando você se aposentar oficialmente. Mas você pode limpar sua mesa hoje, se quiser."

"Você quer que eu vá embora... hoje?"

"Claro, se você quiser. Ou pode ficar mais algumas semanas, se preferir."

"Sim, por favor, ela disse", arrependendo-se do "por favor" em seguida. "Eu irei embora quando o cara novo começar; até lá, continuarei trabalhando nos meus casos."

"Como eu disse, todos foram realocados. Quanto a você, bem, suponho que você possa sempre investigar um caso arquivado. Qualquer coisa que lhe agrade. O que lhe parece?"

Ela sentiu um impulso momentâneo de pular e sair correndo daquele lugar e nunca mais voltar, mas não lhe daria esse tipo de satisfação.

"Bem, eu farei isso. Qualquer caso que eu queira?"

"Ééé, sim, claro. Qualquer um que queira. Qualquer coisa para mantê-la ocupada."

Hulda teve a nítida impressão de que Magnús queria ela fora de seu escritório; ele tinha assuntos mais urgentes para lidar.

"Ótimo. Tentarei me manter ocupada, então", ela disse com sarcasmo e, levantando-se, saiu sem um adeus ou uma palavra de agradecimento.

V

Hulda cambaleou de volta para seu escritório em estado de choque. Ela sentiu como se tivesse sido demitida, como se tivesse sido forçada a sair; como se todos seus anos de serviço não contassem para nada. Foi uma experiência inteiramente nova para ela. Sabia que estava exagerando, que não deveria levar isso tão a ferro e fogo, mas não conseguia se livrar da sensação de mal-estar na boca do estômago.

Sentou-se à sua mesa e olhou fixamente para o computador, sem energia até mesmo para ligá-lo. Seu escritório, que até agora tinha sido como sua segunda casa, de repente, pareceu estranho a ela, como se o novo dono já tivesse tomado posse. A velha cadeira parecia desconfortável, a mesa de madeira marrom parecia velha e desgastada, os documentos não significavam mais nada para ela. Não podia suportar a ideia de passar nem mais um minuto lá.

Ela precisava de uma distração, algo para esquecer o que tinha acontecido. O que seria melhor do que seguir à risca o que Magnús disse e vasculhar os casos arquivados? Embora, na realidade, Hulda não precisasse pensar duas vezes: havia um caso não resolvido que gritava para ser reaberto.

A investigação original tinha sido conduzida por um de seus colegas — ela só tinha acompanhado seu progresso em segunda mão —, mas isso poderia ser uma vantagem, permitindo-lhe abordar a evidência com novos olhos.

O caso envolveu uma morte inexplicada, que certamente permanecerá em mistério, a menos que novas evidências surjam. Talvez fosse uma benção disfarçada, uma oportunidade escondida. A mulher morta não tinha ninguém para falar por ela, todavia, Hulda poderia assumir o papel de advogada em breve. Muito poderia ser alcançado em duas semanas. Ela não alimentava nenhuma esperança real de solucionar o caso, mas valia a pena tentar. Mais do que isso, lhe daria um propósito. Ela estava disposta a aparecer no escritório todos os dias até que esse "jovem moço" viesse expulsá-la. Passou pela sua cabeça fazer uma reclamação oficial ao RH sobre a maneira como estava sendo tratada e exigir ficar até o final do ano, contudo haveria tempo suficiente para pensar sobre isso mais tarde. Nesse momento, ela queria direcionar suas energias para algo mais positivo.

Sua primeira ação foi consultar o arquivo do caso para refrescar sua memória com os detalhes. O corpo da jovem foi encontrado numa manhã escura de inverno em uma enseada rochosa em Vatnsleysuströnd, um trecho de costa pouco povoado na península de Reykjanes, cerca de trinta quilômetros de distância de Reykjavík. Hulda nunca tinha estado naquela enseada, nunca teve nenhum motivo especial para ir até lá, embora ela estivesse familiarizada com a região, tendo passado muitas vezes por ela, a caminho do aeroporto. Era um canto sombrio, ventoso, os campos de lava sem árvores oferecendo pouco abrigo das tempestades que regularmente sopravam do Atlântico para o sudoeste.

Um pouco mais de um ano havia se passado desde então, o incidente tinha desaparecido da memória pública. Não que tivesse atraído muito interesse da mídia na época. Depois das notícias habituais de que um corpo havia sido encontrado, o desdobramento recebeu pouca atenção: os holofotes das notícias foram direcionados para outros lugares. Embora a Islândia fosse um dos países mais seguros do mundo, com cerca de dois assassinatos por ano — e às vezes nem mesmo um —, mortes acidentais eram muito mais comuns, e os jornalistas sentiam que não havia muito interesse em cobri-los.

Não era a indiferença da mídia que aborrecia Hulda; o que a preocupava era sua suspeita de que o colega do Departamento de Investigações Criminosas, o DIC, que cuidara do caso, fosse culpado de negligência. Alexander: ela nunca botou muita fé em suas habilidades. Em sua opinião, ele não era nem diligente nem particularmente brilhante e se segurou em sua posição no DIC apenas por uma mistura de obstinação e bons contatos. Num mundo mais justo, ela teria sido promovida a sua superior — ela sabia que era mais inteligente, responsável e experiente —, mas, apesar disso, ela tinha permanecido presa no mesmo cargo. Era em momentos como esse que ela não tinha sido capaz de resistir a um sentimento mordaz de amargura. Ela teria feito qualquer coisa para ter a autoridade para intervir e tirar o caso de um detetive que, sem dúvida, não estava à altura do trabalho.

 A falta de entusiasmo de Alexander para o inquérito tinha sido óbvia em reuniões de equipe quando, com uma voz entediada, ele se esforçava para apresentar qualquer evidência que apontasse para morte acidental. Seu relatório, como Hulda acabara de descobrir, foi um trabalho desleixado. Incluía um breve resumo insatisfatório dos resultados *post-mortem*, concluídos com a ressalva habitual em casos de corpos banhados pelo mar que era impossível estabelecer se um crime havia sido cometido. Sem surpresa, a investigação não resultou em nada útil, e o inquérito foi suspenso em favor de outros casos "mais urgentes". Hulda não conseguia deixar de imaginar quão diferente seria a condução desse inquérito se a jovem fosse islandesa. O que teria acontecido se o caso tivesse sido dado a um detetive mais competente, se a população estivesse cobrando resultados?

A mulher morta tinha 27 anos, a idade que Hulda tinha quando deu à luz sua filha. Somente 27 anos, na flor da idade: muito jovem para ser assunto de uma investigação policial, de um caso arquivado que ninguém parecia nem um pouco interessado em reabrir, exceto Hulda.

De acordo com o laudo do patologista, ela tinha se afogado na água do mar. Os ferimentos em sua cabeça eram uma possível indicação de que ela havia sido submetida à violência antes, mas ela poderia ter tropeçado, se nocauteado e caído no mar.

O nome da vítima era Elena; ela veio da Rússia em busca de abrigo e estava na Islândia há apenas 4 meses. Talvez uma razão pela qual Hulda achou tão difícil deixar o assunto de lado foi a velocidade com a qual todos os outros esqueceram de Elena. Ela tinha vindo para um país estrangeiro em busca de refúgio e encontrou apenas uma sepultura aquosa. E ninguém se importou. Hulda sabia que se ela não aproveitasse essa última chance de checar a fundo o que havia acontecido com Elena, ninguém mais o faria. A história da moça russa cairia no esquecimento: seria apenas a garota que veio para a Islândia e morreu.

VI

Hulda dirigiu para o sul saindo de Reykjavík, seguindo em direção ao que costumava ser seu trajeto diário quando ela, seu marido e filha moravam em sua pequena casa à beira-mar em Álftanes. Ela não ia lá há anos, desde que a casa foi vendida, e decidiu nunca mais voltar. A península agora apareceu, baixa e verde, através da baía à sua direita. Álftanes sempre pareceu semirrural, em seu mundinho, separada da expansão urbana de Reykjavík, mas um bairro inteiramente novo tinha surgido desde quando estivera lá pela última vez.

Com Álftanes ficando para trás, junto com sua antiga vida, ela se concentrou em seu destino, a pequena cidade de Njardvík, que fica perto do aeroporto da península de Reykjanes. Ela ia visitar o albergue dos requerentes de abrigo onde, segundo o arquivo do caso, Elena vivia no momento de sua morte.

Hulda poderia ter tirado o resto do dia de folga e ido para casa. Apesar da chuva, havia uma pitada de primavera no ar. No início de maio, escurece mais tarde, as noites ficam mais claras, prometendo um sol da meia-noite. Era uma época do ano maravilhosa e positiva, a escuridão do inverno do norte recua pouco a pouco até meados de junho, quando as sombras são banidas por completo e as noites se mostram quase que imperceptivelmente mais brilhantes.

Uma memória vívida daquelas noites de verão espetaculares em sua antiga casa em Álftanes retornou a ela. Em seu quintal, onde havia espaço para respirar de verdade, podia-se assistir ao sol mergulhando no mar, enquanto o céu flamejava laranja e vermelho, e os pássaros da costa cantavam a noite toda ao resplendor. Num apartamento pequeno, num bloco de apartamentos da cidade, todas as estações pareciam iguais, os dias se fundiam em um borrão monótono, e o tempo escapava em uma velocidade desconcertante.

Como se o verão não fosse, de qualquer maneira, breve o suficiente. No seu auge, em julho, a escuridão começaria a retornar, insidiosa e sorrateira, para a vida dos ilhéus. Primeiro nada mais do que uma pitada de crepúsculo, então, em agosto, um dos meses menos favoritos de Hulda, as noites voltariam a se fechar de novo, um lembrete de que o inverno estava próximo.

Não, não haveria nenhum motivo para ir para casa agora, não depois de Magnús ter lançado sua bomba. Enfiada entre as quatro paredes de seu apartamento, ela ficaria louca, sem nada para distraí-la da perspectiva comovente de desistir do trabalho. Hulda nunca havia se preparado mentalmente para a aposentadoria. Tinha sido apenas uma data, um ano, uma era, tudo bastante hipotético. Até o dia de hoje, quando de repente se tornou um fato frio e duro.

Seus pensamentos voltaram ao presente. Ela era grata pelos trechos de mão dupla, por poder manter-se na faixa da direita e permitir que os motoristas impacientes ultrapassassem. Ela dirigia um Skoda dos anos 1980, uma relíquia dos tempos em que a maioria dos islandeses conduzia carros acessíveis do leste europeu — modelos soviéticos ou tchecos, geralmente —, dos países com os quais a Islândia comercializava peixe. Era um modelo verde-claro, de duas portas, que nunca teve muita aceleração e exigia muita manutenção. Embora prática, Hulda não era nenhuma perita em mecânica, mas, para sua felicidade, ela conhecia um homem que vivia para mexer em carros velhos, e ele manteve o fiel Skoda na estrada. Por enquanto.

Fazia muito tempo desde a última vez que Hulda dirigiu para o sul ao longo daquela costa. Raras vezes ela teve necessidade de sair para a península de Reykjanes. Até mesmo o aeroporto internacional, a principal atração por aquelas bandas, pouco a atraía. Não era que ela não gostasse de viajar para o exterior — o acaso seria uma boa coisa —, é que suas finanças sabotavam qualquer plano desse tipo. Seu salário de policial não permitia que passasse as férias fora do país, nenhuma vez, pois o que ganhava era para cobrir suas despesas diárias. Outrora, tais luxos estavam confortavelmente ao seu alcance. Seu marido tinha sua própria empresa de investimentos, a qual ela, sem malícia, tinha acreditado que era uma respeitável fonte de dinheiro, por isso, após sua morte súbita, foi um choque saber que aquela segurança financeira tinha sido uma ilusão. Uma vez que os advogados tinham analisado os negócios, as dívidas herdadas tinham acabado por exceder seus bens. O resultado foi que ela teve que vender sua linda casa e começar de novo, quase do zero, na meia-idade. Ela deixou o marido cuidar de todos os assuntos financeiros e não guardou nenhuma reserva para ela, o que provou ser uma armadilha para aprender a viver com seu novo orçamento apertado. Inicialmente, ela comprou um apartamento pequeno, o qual foi vendido um tempo depois, e hoje ela morava em um que era pouco maior, em um bloco de apartamentos. Por azar, ela tinha se mudado para esse lugar com uma hipoteca indexada na véspera do colapso bancário e agora estava presa a uma dívida enorme e a pagamentos mensais extremamente altos.

Hulda sempre achou o caminho para o aeroporto sombrio e bastante desanimador. Os campos de lava escuros estendiam-se de ambos os lados, vazios, planos e varridos pelo vento, quebrados apenas pela forma cônica de Keilir e outras montanhas baixas ao sul e fundindo-se ao traiçoeiro mar cinzento ao norte. Era uma área perigosa, cheia de vulcões escondidos, crateras e nuvens de vapor, marcadas pelas forças violentas que agiam sob a crosta terrestre, aqui, onde a Islândia se dividiu entre duas placas continentais. As montanhas eram populares entre os trilheiros — Hulda já havia escalado algumas delas —, fora isso, essa era uma paisagem mais bem vista a distância do que a pé; qualquer um que se aventurasse nos campos de lava poderia facilmente se machucar ou apenas desaparecer.

Hoje, entretanto, o sol estava brilhando na península, embora houvesse um vento tempestuoso, e, olhando para trás, do outro lado da baía, Hulda podia ver as nuvens de chuva ainda pairando sobre Reykjavík. Por fim, uma série de blocos de apartamentos brancos com telhados azuis erguiam-se do terreno inexpressivo à direita, sinalizando os arredores de Njardvík, e ela entrou na cidade. Não era grande, mas, como não conhecia o caminho, levou algum tempo dirigindo sem rumo pelas ruas antes de, enfim, localizar o albergue.

Ela não ligou antes para avisá-los que estava indo, nem tinha ocorrido a ela, na pressa de sair da delegacia, envolvida que ficara pela atmosfera opressiva que parecia cair sobre o escritório no momento em que ela recebeu a má notícia. Ela ficava imaginando que os corredores estavam cheios de pessoas fofocando sobre ela, que todos os seus colegas sabiam que ela tinha levado um chute, que o tempo dela tinha acabado, que a sua presença era desnecessária, que fora descartada em favor de um modelo mais jovem. Maldição.

A jovem da recepção não podia ter mais do que 25 anos. Hulda se apresentou como inspetora de polícia sem detalhar o motivo de sua visita. A jovem não pestanejou.

"Ah, sim? No que posso lhe ajudar? Você precisa falar com um de nossos residentes?"

Pelo que Hulda conseguiu descobrir, o albergue era utilizado exclusivamente como alojamento para requerentes de abrigo. Era um lugar pouco acolhedor. Ela quase podia sentir o desespero no ar, o silêncio e a tensão. As paredes foram pintadas de um branco austero, e não havia nada ali que lembrasse um lar ou até mesmo um hotel. Era apenas um lugar onde as pessoas esperavam no limbo para saberem seu destino.

"Não, eu apenas gostaria de trocar algumas palavras com quem quer que seja o responsável por aqui."

"Claro. Sou eu, Dóra."

Levou um momento para Hulda entender que aquela jovem era a gerente do albergue. "Ah, certo", ela disse, embaraçada; envergonhada de seus próprios preconceitos. Nem lhe tinha ocorrido que uma garotinha como aquela poderia ser a responsável pelo local. "Tem algum lugar em que podemos falar em particular?"

Dóra tinha cabelo castanho curto e um jeito profissional. Embora seu sorriso fosse bastante amigável, seu olhar era bastante desconcertante e desconfiado. "Claro, sem problemas", ela disse. "Tenho um escritório nos fundos."

Ela levantou-se sem dizer uma palavra e seguiu rapidamente pelo corredor, com Hulda atrás de si. O escritório era pequeno e impessoal, com persianas escuras sobre as janelas, e uma única lâmpada no teto lançando um brilho implacável sobre o conteúdo escasso. Não havia livros ou papéis, nada além de um *notebook* sobre a mesa.

Elas se sentaram, e Dóra, sem dizer uma palavra, aguardou que Hulda se manifestasse.

Procurando pelas palavras certas, Hulda começou: "O motivo pelo qual estou aqui... eu estou investigando uma morte que ocorreu há pouco mais de um ano, de uma mulher que era uma de suas residentes."

"Morte?"

"Sim, O nome dela era Elena. Ela era uma requerente de asilo."

"Ah, ela. Fiquei sabendo. Mas..." Dóra franziu a testa intrigada. "Achei que o caso tinha sido encerrado. Ele me ligou — você sabe, o detetive; esqueci o nome dele..."

"Alexander", Hulda completou, imaginando-o enquanto ela falava: desprezível, acima do peso, com um olhar vazio que sempre a irritou.

"Sim, Alexander, ele mesmo. Ele me ligou para dizer que havia encerrado o caso, pois a investigação era inconclusiva e, na sua opinião, tratava-se de um acidente. Ou, talvez, de um suicídio, pois Elena estava há séculos aguardando o resultado de sua conclusão."

"Você diria que ela estava aguardando um tempo demasiado longo? Eu entendi que ela ficou aqui por 4 meses."

"Ah, não, na verdade não — não é anormal —, mas eu acho que a espera afeta as pessoas de maneiras diferentes. Pode ser estressante."

"Você concorda com ele?"

"Eu?"

"Sim, você. Você acredita que ela se afogou?"

"Não sou especialista. Não faço ideia do que deveria pensar. Eu não estava investigando o caso. Talvez ele — qual é o nome dele..."

"Alexander."

"Sim, Alexander. Talvez ele soubesse de algo que eu não sabia." Dóra deu de ombros.

Eu duvido muito, Hulda pensou, reprimindo a tentação de dizê-lo em voz alta. "Mas você deve ter se perguntado."

"Bem, claro, no entanto nós somos muito ocupados. As pessoas vêm e vão o tempo todo: aconteceu de ela partir dessa maneira. De qualquer forma, eu não tenho tempo para perder ou para ficar me perguntando esse tipo de coisa."

"Mas certamente você a conhecia?"

"Na verdade, não. Não mais do que qualquer um dos outros. Olha, eu administro um negócio aqui. É meu ganha-pão, então, eu tenho que focar na gestão do dia a dia. Pode ser uma questão de vida ou morte para os residentes, eu, entretanto, apenas estou tentando administrar o lugar."

"Há mais alguém que possa tê-la conhecido melhor?"

Dóra pareceu pensar nisso. "Eu duvido. Nada a mais. Como eu disse, pessoas vêm e vão o tempo todo."

"Então, deixe-me ver se entendi: você está dizendo que nenhum de seus residentes atuais estavam no local quando Elena estava viva?"

"Oh, bem, sempre há uma possibilidade..."

"Você poderia checar para mim?"

"Suponho que sim."

Dóra virou-se para o *notebook* e começou a clicar. Finalmente ela olhou para cima. "Dois caras iraquianos — eles ainda estão aqui. Você pode conhecê-los em um minuto. E uma mulher síria."

"Posso conhecê-la também?"

"Eu duvido."

"Por quê?"

"Ela saiu para algum lugar. Seu advogado veio mais cedo e acho que eles foram para Reykjavík. Houve algum progresso no caso dela, o que é bom, visto que tudo que ela faz é se trancar no quarto e esperar. É raro ela descer para fazer as refeições. É tudo que sei. Os advogados não me dizem nada, claro, mas, só de olhar para eles, eu imaginei que algo estava acontecendo. Vamos torcer por boas notícias, embora você nunca possa ter certeza."

"Fale-me sobre Elena. Como ela se comportava? Qual era a situação dela?"

"Não faço ideia."

"Ela tinha um advogado cuidando do seu caso?"

"Sim, eu suponho que sim. Embora eu não consiga lembrar quem era, se é que eu algum dia soube."

"Bem, você tem alguma ideia de quem possa ter sido?"

"Tende a ser as mesmas pessoas", Dóra disse, e prontamente soltou três nomes, os quais Hulda anotou com o devido rigor.

"Seria possível ver o quarto dela?"

"Por que a polícia está investigando isso de novo?", Dóra perguntou.

"Olha, você poderia apenas me mostrar o quarto dela?", Hulda falou enfurecida, com a paciência esgotando-se.

"Certo, certo", disse Dóra raivosa. "Não lhe faria mal ser educada, sabe. Não é brincadeira se envolver nesse tipo de coisa."

"Você está envolvida nisso?"

"Ah, você sabe o quero dizer. O quarto dela é lá em cima, mas tem outra pessoa usando agora. Não podemos invadi-lo."

"Você poderia ao menos checar se tem alguém dentro dele neste momento?"

Dória saiu do escritório em direção ao corredor e depois subiu as escadas, com Hulda seguindo-a passo após passo. Depois de passar por diversas portas, Dóra parou em uma e bateu. Um moço jovem atendeu, e Dóra explicou em inglês que a policial queria ver o quarto dele. Claramente alarmado, o homem perguntou hesitante: "Eles querem me mandar para casa?" Ele repetiu a pergunta várias vezes antes que Dóra pudesse tranquilizá-lo de que a visita da polícia não tinha nada a ver com ele. Quase chorando de alívio, ele concordou, relutante, embora Hulda soubesse que ele não era, legalmente, obrigado a deixá-la entrar. Era improvável que o coitado do homem tivesse ousado exigir seus direitos a um representante da força policial estrangeira. Ela se sentiu um pouco envergonhada de si mesma por fazê-lo passar por isso, mas não tinha muito tempo.

"Ela falava inglês?", Hulda perguntou a Dóra, uma vez que estavam dentro do quarto. Seu atual ocupante permaneceu parado do lado de fora no corredor, meio sem jeito.

"Desculpe?", Dóra olhou em volta.

"A garota russa. Elena."

"Bem pouco. Ela conseguia, talvez, entender um pouco, mas não podia dar continuidade a uma conversa em inglês, só em russo."

"Foi por isso que você não a conheceu?"

Dóra balançou a cabeça, parecendo distraída. "Ah não, eu não conheço nenhum deles, independentemente do idioma que falam."

"Não há muitos quartos aqui."

"Não estou administrando um hotel de luxo", Dóra disse.

"Ela tinha seu próprio quarto?"

"Sim. E ela não trazia muito problema, pelo que posso lembrar."

"Não trazia muito problema?"

"Sim. Não arrumava confusão — você sabe o que quero dizer. Nem todos conseguem lidar com a espera. Pode ser duro."

O quarto estreito, semelhante a uma cela, continha uma cama, uma mesinha e uma espécie de guarda-roupa. Havia poucos itens pessoais, além de uma calça de agasalho sobre a cama e um sanduíche torrado meio comido sobre a mesa.

"Sem TV?", Hulda comentou.

"Como eu disse, este não é um hotel de luxo. Há uma TV lá embaixo, no salão."

"Alguma possibilidade de ela ter deixado alguns de seus pertences para trás?"

"Sinto muito, mas não consigo me lembrar. Se as pessoas desaparecem e não voltam, eu costumo jogar as coisas delas fora."

"Ou se elas morrem."

"Sim."

A princípio, havia pouco a ser visto no quarto de qualquer maneira. Hulda deu mais uma rápida olhada ao redor do quarto apenas para tentar se colocar no lugar da garota morta; ter uma impressão de como sua vida deve ter sido durante aqueles últimos meses, à deriva num país estranho, num albergue hostil, onde ninguém falava seu idioma. Presa dentro de quatro paredes de um quarto pequeno, assim como Hulda, às vezes, se sentia presa dentro de seu próprio apartamento, sozinha, sem família nem ninguém que se importe com ela. Essa era a pior parte — não ter ninguém que se importasse.

Por um momento, Hulda fechou os olhos e tentou sentir o clima, contudo tudo o que podia sentir era cheiro de sopa de cogumelos vindo da cozinha, flutuando pelo prédio.

VII

Antes de ir embora, Hulda teve uma breve conversa com os dois homens do Iraque, que falam inglês muito bem. Eles vivem na Islândia há mais de um ano e estão gratos pela oportunidade de falar com um policial, aparentemente considerando-a como uma representante das autoridades. Antes que ela pudesse fazer as perguntas que queria, Hulda foi obrigada a ouvir um monte de reclamações sobre a forma como seus casos estavam sendo conduzidos e sobre o tratamento que tiveram que aturar. Quando ela conseguiu fazer as perguntas, ela entendeu que eles lembravam de Elena, embora apenas por causa de sua morte repentina. Acontece que eles nunca tinham falado com ela de fato, pois não sabiam uma palavra em russo, então havia muito pouco a extrair da conversa.

Ao sair pela recepção, Hulda agradeceu Dóra e pediu que ela entrasse em contato quando a mulher síria aparecesse, na tênue esperança de que ela pudesse saber de algo. "Farei isso", Dóra prometeu, mas Hulda não se iludiu que ela tomasse isso como uma prioridade.

Quarenta e cinco minutos depois, Hulda estava de volta a Reykjavík. Ela estacionou fora da delegacia de polícia, mas não tinha intenção real de entrar. Em vez disso, ela começou a tentar descobrir quem era o advogado que estava cuidando do caso de Elena. Não foram necessários mais do que alguns telefonemas para estabelecer que o homem que ela procurava era um advogado de meia-idade que trabalhou para a polícia durante vários anos antes de sair para montar sua própria firma. Ele se lembrou de Hulda imediatamente.

"Duvido que haja muito a dizer", ele disse em um tom amistoso, "mas você está convidada a nos fazer uma visita. Você sabe onde ficamos?".

"Eu encontrarei vocês. Posso ir agora?"

"Por favor, venha", ele disse.

O escritório do advogado parecia ser um lugar modesto no centro da cidade que sequer tinha uma recepcionista. Albert Albertsson, que veio em pessoa cumprimentar Hulda, parecia ter lido sua mente: "Nós apertamos o cinto", ele explicou. "Não desperdice dinheiro com frescuras. Todos nós fazemos o que for preciso fazer. Enfim, é bom lhe ver outra vez."

Albert sempre teve um jeito fácil de lidar e falava em tons calorosos, bem emoldurados, como de um locutor de rádio agradável, num programa tarde da noite, conversando com os ouvintes contra um fundo musical calmante. De jeito nenhum você poderia chamá-lo de bonito, mas ele tinha o tipo de rosto que inspirava confiança.

O escritório que Albert mostrou a Hulda não poderia ter apresentado um contraste maior com o pequeno espaço de trabalho vazio e sem alma de Dóra no albergue. As paredes estavam cheias de pinturas, havia fotografias alinhadas na prateleira ao lado da mesa e enormes pilhas de papéis em todas as superfícies disponíveis. Hulda achou um pouco exagerado. Como se estivesse tentando encobrir o fato de que, talvez, Albert não tivesse muito o que fazer. Todas as fotografias e pinturas ficariam melhores numa casa do que num lugar de trabalho. A menos que esse fosse o seu lar.

"Você assumiu o caso?", ele perguntou, uma vez que estavam sentados.

Hulda mal hesitou: "Sim, por enquanto."

"Algum desdobramento?"

"Nada que possa comentar no momento", ela respondeu. "Alexander falou com você durante a investigação original?"

"Sim. Nós tivemos uma reunião, mas não acho que fui capaz de ajudá-lo muito."

"Você conduziu o pedido de abrigo de Elena no começo?"

"Sim. Eu assumo muitos desses casos de direitos humanos. Além do meu outro trabalho, é claro."

"Você poderia me informar sobre os antecedentes do caso dela?"

"Bem, ela estava pedindo abrigo na Islândia, alegando que havia sofrido perseguição em sua terra natal, a Rússia."

"E o pedido dela não teve sucesso?"

"O quê? Não, pelo contrário, estávamos fazendo um bom progresso."

"Bom quanto?"

"Eles estavam prestes a conceder seu pedido."

Hulda estava boquiaberta. Espere um minuto: você está dizendo que eles iriam conceder abrigo a ela?"

"Sim, estava em processo."

"Ela estava ciente disso?"

"Sim, claro. Ela soube um dia antes de morrer."

"Você contou para Alexander?"

"Claro, embora eu não veja por que isso é relevante."

Alexander tinha "esquecido" de mencionar esse fato em seu relatório.

"Bem, isso reduz a probabilidade de ela ter tirado a própria vida", Hulda apontou.

"Não necessariamente", Albert argumentou. "Todo processo coloca os requerentes sob uma enorme pressão."

"O que achou dela, quer dizer, como era o seu comportamento? Ela fazia o tipo alegre? Ou parecia ser deprimida?'

"Difícil dizer." Albert se inclinou sobre sua mesa. "Difícil dizer", ele repetiu, "já que ela falava bem pouco inglês, e eu não sei falar nada em russo".

"Você usou um intérprete, então?"

"Sim, quando necessário. O processo gerou bastante papelada."

"Talvez eu devesse falar com o intérprete", Hulda murmurou, mais para si mesma do que para Albert.

"Se você acha que vai ajudar. O nome dele é Bjartur. Ele mora no oeste da cidade, trabalha de casa. Está tudo nos arquivos. Você pode pegá-los emprestado."

"Obrigada, seria ótimo."

"Ela era musicista", Albert acrescentou rapidamente, como uma reflexão tardia.

"Musicista?"

"Sim, suponho que ela adorava música. Meu sócio mantém uma guitarra no escritório e, uma vez, Elena a pegou e dedilhou algumas músicas para nós."

"O que mais você sabia dela?", Hulda perguntou.

"O que mais...? Não muito", Albert respondeu. "Nós nunca conhecemos muito bem os requerentes de abrigo que representamos, e eu tento não ficar muito íntimo. E você sabe, eles costumam ser enviados de volta." Ele ficou em silêncio por um minuto, então acrescentou: "Foi tudo muito triste. A pobre garota. Enfim, suicídio sempre é."

"Suicídio?"

"Sim. Não foi isso que a investigação de Alexander concluiu?"

"Sim, é verdade. A investigação de Alexander."

VIII

"Achei que o caso tinha sido encerrado." O intérprete Bjartur acomodou-se numa cadeira de escritório tão velha e frágil que deve ser dos anos 1980. "Mas, se não foi, ficarei feliz em ajudar."

"Obrigada. Alexander conversou com você na época? Você conseguiu fornecer alguma informação?"

"Alexander?" O rosto de Bjartur estava sem expressão sob sua bela juba loira. Seu nome lhe cai bem. Bjartur significa "brilhante". Eles estavam sentados dentro de uma garagem modificada, anexada a uma pequena casa isolada em um subúrbio abastado no oeste da cidade. Cercado pelo mar pelos três lados, o local era agradável, embora ventoso. Quando Hulda chegou, ela tocou a campainha da porta da frente, e uma mulher idosa a encaminhou para uma garagem "onde Bjartur tinha seu escritório". Não havia cadeiras para visitantes, então Hulda se contentou em se empoleirar na beirada de uma cama velha que estava lotada de livros, muitos deles em russo, ou assim ela deduziu pelas letras das lombadas. Embora ela tivesse ligado antes para avisar-lhe que estava indo, Bjartur parecia não ter feito nenhum esforço para recebê-la. O chão estava, literalmente, coberto de pilhas de papéis, botas de caminhadas e caixas de pizza e havia um monte de roupas sujas em um canto.

"Alexander é um colega meu do DIC", ela explicou, com um gosto ruim em sua boca. "Ele era responsável pela investigação."

"Ah, bem, eu nunca o conheci. Você é a primeira pessoa que já falou comigo sobre isso."

Hulda sentiu o ressentimento amargo queimando dentro dela novamente. Se ela tivesse sido promovida acima de Alexander, como merecia, ela seria a pessoa a dar-lhe instruções.

"O que aconteceu?", Bjartur perguntou, interrompendo seus pensamentos. "Alguma novidade?"

Hulda recorreu à mesma resposta que tinha dado ao advogado antes: "Nada que possa comentar no momento." A verdade era que ela não tinha nada para dizer, além de um pressentimento, mas não havia necessidade de admitir o fato. Além disso, crescia dentro dela a convicção de que sua decisão em reabrir o caso tinha sido correta: qualquer que fosse a causa da morte de Elena, era óbvio que a investigação original tinha sido vergonhosamente frouxa. "Você a encontrava com frequência?"

"Não com tanta frequência, não. Eu pego um trabalho desses quando aparece. Eles não envolvem muito trabalho, e os salários são muito bons. É difícil viver apenas de traduções."

"Você consegue?"

"Quase. Eu faço um pouco de interpretação para russos, algumas delas para pessoas na mesma situação que a de... hum..."

"Elena", instigou Hulda. Nem mesmo Bjartur conseguia lembrar do nome dela. Era incrível o quão rápido a presença da garota na Islândia estava desaparecendo da memória das pessoas: parecia que ninguém dava a mínima para ela.

"Elena, claro. Sim, de vez em quando eu interpreto para pessoas na situação dela, mas meu trabalho principal é como guia para russos, mostrando-lhes os pontos turísticos. Alguns deles estão cheios de dinheiro, então o pagamento não é ruim. Além disso, traduzo um conto ou livro peculiar, até escrevo um pouco."

"O que achou dela?", Hulda interrompeu. "Ela parecia suicida?"

"Agora que você está perguntando", Bjartur disse, frustrado no desejo de falar de si próprio. "Difícil de dizer. Talvez. Como era de se esperar, seu sentimento não era o de uma pessoa feliz. Mas não era isso... quero dizer, com certeza foi suicídio?"

"É provável que não, na verdade", disse Hulda, com injustificada confiança. Ela tinha um palpite de que o intérprete sabia mais do que estava deixando transparecer. O truque era evitar colocar muita pressão sobre ele: tudo que ela tinha que fazer era ser paciente e deixá-lo se abrir no tempo dele. "Você estudou na Rússia?", ela perguntou.

Ele pareceu um pouco desconcertado com essa mudança abrupta de assunto. "O quê? Ah, sim. Na Universidade de Moscou. Eu me apaixonei pela cidade e pelo idioma. Já esteve lá?"

Hulda balançou a cabeça.

"É um lugar incrível. Você deveria visitar um dia."

"Certo", disse Hulda, sabendo que nunca iria.

"Incrível, porém desafiador", Bjartur continuou. "Um lugar desafiador para ser turista. Tudo é tão diferente: o idioma, a escrita cirílica."

"Entretanto você fala russo fluentemente, não fala?"

"Ah, claro", ele disse com alegria, "porque depois eu peguei o jeito".

"Então, você não teve problema em se comunicar com Elena?"

"Problema? Não, claro que não."

"Então sobre o que vocês dois conversaram?"

"Na verdade, não falamos sobre muitas coisas", ele admitiu. "Na maioria das vezes, eu apenas interpretava para ela nos encontros com o advogado dela."

"Ele mencionou que ela gostava de música", Hulda disse, fazendo esforço para manter a conversa fluir.

"Ah, sim, é verdade. Aliás, ela conversou sobre isso comigo. Ela escreve... escrevia letras de música. Ela não teve nenhuma chance de fazer isso profissionalmente na Rússia, mas esse era o sonho dela: trabalhar como compositora. Uma vez, ela tocou uma música para nós no escritório do advogado. Ela era muito boa — bem, não era ruim, você sabe. Só que era irreal. Ninguém pode ganhar a vida como compositor na Islândia."

"Mais do que podem como tradutor?"

Bjartur sorriu, mas não entrou no clima. Em vez disso, após uma breve pausa, ele disse: "Na verdade, havia outra coisa..."

"Mais alguma coisa?", Hulda se armou de coragem e disse. Ela poderia dizer, pela sua expressão, que ele estava dividido entre contar ou não.

"É melhor você guardar isso para você."

"Guardar o que para mim?"

"Olha, eu não quero ser envolvido em nada... eu não posso..."

"O que aconteceu?", Hulda perguntou, usando seu tom mais amigável.

"Foi apenas algo que ela disse... a propósito, isso é estritamente confidencial."

Hulda obrigou-se a sorrir com educação, resistindo à vontade de indicar a diferença entre um policial e um jornalista. Embora ela não tivesse nenhuma intenção de fazer promessa alguma, ela manteve um silêncio diplomático, não querendo assustá-lo.

Sua tática funcionou. Depois de um momento de hesitação, Bjartur continuou: "acho que ela estava na vida."

"Na vida? Trabalhando como prostituta você quer dizer?", Hulda perguntou. "O que faz você pensar assim?"

"Ela me contou."

"Isso não foi reportado em nenhum dos relatórios", Hulda disse com raiva, embora sua raiva fosse dirigida mais à figura ausente de Alexander do que à Bjartur.

"Não, não foi. Ela me contou na primeira vez que nos encontramos, mas insistiu que não queria que ninguém mais soubesse. Tive um pressentimento de que ela estava assustada."

"Com o quê?"

"De quem, você quer dizer."

"Um islandês?"

"Não tenho certeza." Ele vacilou, parecendo pensar sobre isso. "Para ser honesto, tive a impressão de que ela foi trazida para a Islândia somente com esse propósito."

"Você está falando sério? Você quer dizer que o pedido de abrigo dela era apenas uma fachada?"

"É possível. Ela foi um pouco vaga sobre a coisa toda, mas era óbvio que ela não queria que a notícia se espalhasse."

"Então o advogado dela não sabia disso?"

"Eu acho que não. Certamente eu não disse nada a ele. Eu guardei o segredo dela." Depois de um segundo, ele acrescentou, um pouco envergonhado: "Até agora, claro."

"Por que raio você não contou a ninguém?", Hulda perguntou, soando mais dura do que pretendia.

Depois de uma breve pausa, Bjartur respondeu, bastante sem graça: "Ninguém perguntou."

IX

A jovem mãe caminhou para casa como de costume, mas nessa noite ela estava extraordinariamente cansada. Tinha sido um longo dia no Hotel Borg, estava escuro e sombrio, o vento e a chuva a estavam deixando para baixo. A descrição das tarefas de seu trabalho no hotel de referência no centro da cidade era bastante vaga. Algumas vezes ela era chamada para limpar os quartos e outras vezes ela ajudava no restaurante e no bar, em geral, até tarde da noite. Ela pegava qualquer turno que fosse oferecido, desde que não interferisse nas visitas à sua filha.

Foi um dia de comemoração, primeiro de dezembro, Dia da Soberania, comemoração da conquista islandesa parcial de independência da Dinamarca, trinta anos antes, em 1918. Estudantes se reuniram no hotel durante a noite para uma festa, e houve muita cantoria e discursos, e o conhecido poeta Tómas Gudmundsson tinha realizado algumas de suas obras.

O Natal se aproximava rápido e ela queria comprar um presente para sua filha, embora não tivesse certeza do que comprar. Teria que ser algo especial, isso era tudo que sabia. E precisaria de um pouco de dinheiro para comprar o presente. Tinha um filme que ela queria muito assistir no *Gamla Bíó, Boom Town*, estrelado por Clark Gable, mas provavelmente abriria mão dele, pois estava economizando cada centavo para sua filha.

Como ela tinha invejado aqueles jovens estudantes nessa noite. Como ela desejava ser um deles. Ela sabia que tinha potencial para fazer algo por si, sabia também que isso nunca seria realizado. A Islândia deveria ser uma sociedade sem classes, todos deveriam ser iguais, sem classe alta, média ou baixa. Todos deveriam ter a mesma chance de sucesso. Contudo ela sabia que isso era um mito, que nunca iria subir de classe, trabalhando em empregos mal pagos, sem segurança. Uma mãe solteira de origem humilde que não teve chance alguma.

Contudo, ela estava determinada a fazer com que as coisas fossem diferentes para sua filha.

X

A revelação de Bjartur colocou a investigação de Hulda — se você pudesse chamar isso de investigação — sob um novo ponto de vista. Isso era uma bomba. Não só o inquérito de Alexander foi exposto como superficial ao extremo, mas a morte da garota russa adquiriu uma perspectiva inteiramente nova. A questão era em que momento Hulda deveria informar seu chefe sobre essa reviravolta. No momento, Magnús não sabia nem qual caso arquivado ela havia escolhido reabrir. Não duvido que estivesse ocupado se parabenizando pela maneira habilidosa com a qual ele a havia afastado; se ele pensava nela, presumia que ela estava sentada em sua mesa, debruçando-se sobre antigos arquivos policiais para passar o tempo, enquanto o relógio tiquetaqueava inexoravelmente em direção à sua aposentadoria.

Na verdade, ela não tinha estado perto do DIC desde o encontro fatídico desta manhã. Para sua surpresa, o dia passou muito mais rápido do que ela temia: toda aquela correria a deixou sem tempo para chafurdar em autopiedade. Ela teria o resto da noite para isso. Mas, não — ela estava planejando dormir cedo, ter uma boa noite de sono para limpar a mente e adiar qualquer decisão até o dia seguinte. Então, poderia decidir, se tivesse a energia e a coragem, entre mergulhar de cabeça no caso da garota russa ou simplesmente jogar a toalha e começar a se acostumar com a vida de aposentada. Admitir para si mesma que sua carreira na polícia tinha acabado. Parar de tentar resistir ao inevitável. Parar de perseguir fantasmas que podem nunca ter existido.

Qualquer que fosse sua decisão final, havia uma ponta solta que ela ainda precisava amarrar. Acomodada na velha e confortável poltrona de sua mãe, com o telefone em mãos, ela refletiu por um tempo, adiando a discagem do número da maldita enfermeira que tinha interrogado no dia anterior; a mulher que tinha atropelado aquele maldoso depravado pedófilo e que tremia até o último fio de cabelo durante a entrevista. Ela deve estar passando por maus bocados, preocupada em ser separada de seu filho e ter que passar anos atrás das grades. Afinal, ela confessou. O caso é que, até agora, Hulda não só não tinha conseguido escrever um relatório formal da conversa delas, como também tinha mentido para seu chefe e dito que o caso estava longe de ser encerrado. A pergunta que ela teve que debater com sua consciência, antes de ligar para a coitada da mulher, era se deveria sustentar a mentira e fazer o possível para poupar a mãe e o filho de mais injustiças, ou escrever a verdade no relatório, sabendo que era inevitável que a mulher fosse condenada por seu crime.

A resposta nunca foi colocada em dúvida de fato: havia apenas uma maneira de fazer as coisas.

A mulher tinha um celular e um telefone fixo registrado em seu nome. Ela não atendia o celular, e o fixo tocou por muito tempo antes que ela atendesse. Hulda se apresentou: "É a Hulda Hermannsdóttir, do DIC. Nós conversamos ontem."

"Ah... sim... claro", disse a mulher, com uma voz nervosa. Ela soltou uma respiração profunda e trêmula.

"Estive revisando o incidente", Hulda mentiu, recorrendo à fala deliberadamente formal da polícia, "e cheguei à conclusão de que não temos evidências suficientes para condená-la".

"O que... o que você quer dizer?", a mulher gaguejou. Ela parecia estar chorando.

"Não estou planejando levar as coisas tão longe, não tanto quanto você está imaginando."

Houve um silêncio atordoante do outro lado da linha, então a mulher resmungou: "Mas e o que... e o que eu lhe contei?"

"Não serviria para nada dar continuidade a isso, arrastá-la para os tribunais."

Houve novo silêncio. Então: "Você... você quer dizer que não irá... me prender? Eu... quase não parei de tremer desde... desde que falamos. Eu achei que iria para a..."

"Bem. Não, eu não irei prendê-la. E como estou prestes a me aposentar, com um pouco de sorte, essa será a última vez que ouvirá falar sobre esse assunto." Aposentar. Foi a primeira vez que ela disse isso em voz alta, e a palavra ecoou de modo estranho em seus ouvidos. Ela ficou, mais uma vez, impressionada com quão despreparada ela estava para esse marco, embora fosse previsível.

"E o outro... e seus colegas da polícia?"

"Não se preocupe, eu não irei mencionar sua confissão no meu relatório. Claro, eu não posso prever o que irá acontecer com o caso depois que eu sair, mas, no que me diz respeito, você não admitiu nada quando eu lhe entrevistei. Entendi certo?"

"O quê? Ah, sim, claro. Obrigada..."

Algo obrigou Hulda a acrescentar: "Não me entenda mal: isso não a absolve da culpa. Talvez eu possa entender por que você fez o que fez, mas o fato é que você terá que viver com isso. Ainda assim, na minha opinião, prendê-la e privar seu filho de conviver com a mãe só pioraria as coisas."

"Obrigada", repetiu a mulher com sinceridade, seus soluços agora eram claramente audíveis do outro lado da linha. "Obrigada", ela conseguiu respirar de novo, antes que Hulda desligasse.

Quando ocupada ou sob pressão, Hulda costumava esquecer de se alimentar, mas ela certificou-se de que tinha algo para comer. Seu jantar foi o mesmo da noite anterior: torrada com queijo. Desde que Jón morreu, ela desistiu de cozinhar. No início, ela tentou fazer um esforço, porém, com o passar dos anos, ela se acostumou a viver sozinha, se contentava com um prato quente na cantina do trabalho ao meio-dia e sobreviveu à base de uma dieta de *fast food* ou sanduíches à noite.

Ela estava no meio do seu lanche, ouvindo as notícias do rádio, quando o telefone tocou. Vendo quem era, ela sentiu um impulso de ignorá-lo, mas o hábito e o senso de dever a fizeram atender. Como era de seu feitio, ele já começou a falar, sem sequer se preocupar em dar seu nome, mas Alexander nunca teve educação mesmo: "Com o que acha que está brincando?", ele esbravejou. Ela o imaginou do outro lado da linha: feições torcidas em uma carranca, o queixo duplo, as pálpebras caídas sob sobrancelhas pesadas.

Ela não iria deixar que ele a perturbasse. "Do que você está falando?", ela perguntou em um tom de voz tão normal quanto pôde.

"Pare com isso, Hulda. Você sabe tão bem quanto eu. Que caralho. Aquela garota russa que se afogou."

"Você não consegue nem se lembrar do nome dela?"

A pergunta, aparentemente, o pegou de surpresa. Ele ficou sem fala por um instante, o que não era da sua natureza. Mas logo se recuperou. "O que isso tem a ver? O que eu quero..."

"O nome dela era Elena", Hulda interrompeu.

"Eu não dou a mínima!" Sua voz subiu de tom. Sem dúvida, seu rosto ficou vermelho-escuro. "Por que você está se metendo nisso, Hulda? Achei que você tinha ido embora."

Então a notícia se espalhou.

"Você deve estar desinformado", ela disse, com calma.

"Hã? O que eu soube..." Ele pensou melhor. "Deixa quieto. Por que você está se metendo no meu caso?"

"Porque Mágnus me pediu", Hulda disse. Essa não era uma verdade integral, mas deixa para lá.

"Você está deliberadamente tentando me excluir, é isso que está fazendo. Eu já lidei com esse caso."

"Não de uma forma que lhe dê algum crédito", Hulda disse com frieza.

"Não havia nada de duvidoso nesse caso", Alexander vociferou. "A vaca estava para ser deportada, então ela se jogou no mar. Fim da história."

"Pelo contrário, seu pedido de abrigo estava prestes a ser concedido, e ela sabia disso."

Houve um silêncio repentino do outro lado da linha. Depois de um momento, Alexander balbuciou: "O quê? Do que você está falando?"

"O caso está longe de ser encerrado, é só isso. E você está interrompendo meu jantar, então se não tem mais nada a dizer..."

"Interrompendo seu jantar? Sim, claro — você come seu sanduíche em frente à TV", ele disse, com maldade. Com essas palavras, ele desligou.

Isso foi jogo sujo. A verdade era que ela estava sempre sozinha; a única mulher solteira num grupo de homens, a maioria deles casados, se não com as primeiras, com as segundas esposas e cercados por grandes famílias. Não era a primeira vez que ela era alvo desse tipo de comentário. Sempre lidou com piadas de mau gosto e *bullying*. Ela poderia se ofender, ela sabia, no entanto, teve que endurecer para sobreviver, e, em troca, parecia que isso dava aos rapazes uma licença para atirar nela.

Claro, ela deveria ter sido capaz de ignorar a provocação maldosa de Alexander, mas, em vez disso, para provar que ele estava errado, ela decidiu ligar para Pétur do clube de caminhada. Ela ainda pensava nele como um amigo, não como um namorado — o relacionamento deles parecia muito platônico para isso. Sempre que estavam juntos, ela se via desejando que fosse vinte, trinta anos mais jovem; então não teria sido tão difícil dar o próximo passo, progredir dos beijinhos educados na bochecha para algo mais íntimo. Então, novamente houve momentos em seus telefonemas em que ela se sentiu tão tímida quanto uma garota; um sinal, ela pensou, de que o relacionamento deles estava no caminho certo, de que, talvez, ela quisesse mais.

Como sempre, ele foi rápido em responder. Enérgico e focado, como é o seu caráter.

"Eu fiquei pensando", ela disse timidamente, "isto é, eu fiquei pensando se você gostaria de aparecer para tomar um café hoje à noite".

No momento em que as palavras saíram de sua boca, ela percebeu que poderiam ser mal interpretadas. Convidar um homem, assim, do nada, para um café... Ela queria acrescentar que não estava pedindo para ele passar a noite, mas ela mordeu o lábio e apenas esperou que ele não esperasse por mais do que ela pretendia.

"Eu adoraria", ele respondeu, sem um momento de hesitação. Ele sempre foi decidido, nunca se prendeu a detalhes ou fez tempestade em copo d'água, qualidades que Hulda apreciava. Contudo, esse foi um grande passo para eles, pois ela nunca o convidara para sua casa antes. Seria por ter vergonha de seu apartamento?, ela pensou. Em comparação com sua casa anterior em Álftanes, com grandes janelas e jardim, sim, talvez. Mas, principalmente, devido às barreiras invisíveis que ela tinha levantado em torno de si mesma, barreiras que ela estava relutante em romper para ele — até agora, quando necessitava de companhia com ardor, ela decidiu arriscar.

"Deveria ir agora?", ele perguntou.

"Sim, claro, seria ótimo. Se você puder." Ela ficava insegura e sem graça ao falar com ele; coisa que não era comum nela. Em geral, ela tinha todos os aspectos de sua vida sob controle.

"Claro. Onde você mora?"

Ela passou seu endereço, terminando com: "Quarto andar, meu nome está na campainha."

"Logo estarei aí", ele disse e desligou sem se despedir.

"Já estava na hora de você me convidar", foi o primeiro comentário de Pétur quando ela abriu a porta. Aos 70, ele era alguns anos mais velho que Hulda, mas estava bem, não parecia nem muito mais jovem nem muito mais velho do que realmente era, embora sua barba grisalha lhe passasse um ar de avô. Hulda não conseguia parar de se perguntar, nem por um momento, como Jón seria aos 70.

Antes de ela saber o que estava acontecendo, Pétur já estava na sala de estar, acomodando-se na poltrona favorita de Hulda, que sentiu uma pontada de irritação: a poltrona de sua mãe era o lugar dela, mas claro que ela não disse isso em voz alta. Afinal, ela estava feliz em tê-lo ali, feliz que alguém quisesse passar a noite com ela. Ela havia se acostumado com a solidão, do modo como era possível, mas nunca houve um substituto real para outro ser humano. Ela tentou algumas vezes sair sozinha, para almoçar ou jantar em restaurantes, mas isso a fez sentir-se constrangida e envergonhada, então agora ela comia na cantina do escritório ou sozinha em casa.

Ela perguntou se ele gostaria de um café.

"Obrigado, sem leite."

Pétur era médico. Ele se aposentou cedo, aos 60, quando sua esposa adoeceu e, contou a Hulda, sem entrar muito em detalhes, que eles conseguiram passar alguns bons anos juntos, antes do fim. Esta informação foi suficiente para ela continuar; ela não tinha vontade de fazê-lo reviver sua dor e esperava que ele fosse igualmente compreensivo sobre não exigir que ela reabrisse velhas feridas. Tudo que ela havia dito a ele era que Jón morrera de repente aos 52 anos. Muito antes de seu tempo, ela havia acrescentado, afirmando o óbvio.

Sob o jeito descontraído de Pétur havia uma força, uma combinação que Hulda imaginou que teria feito dele um bom médico. Por certo, ele fez bem para si próprio. Ela tinha visitado sua grande casa no desejável bairro de Fossvogur. Era espaçosa, com tetos altos e uma sala de estar decorada com belos móveis, pinturas a óleo nas paredes, uma ampla seleção de livros nas prateleiras e até um piano de cauda, tomando lugar de destaque bem no meio. Desde que a viu, fantasiou em morar lá, passar seus dias numa linda sala de estar, em uma casa cheia de cultura. Ela poderia abandonar seu apartamento sombrio e alto, usar o dinheiro para pagar suas dívidas e desfrutar de uma aposentadoria confortável em uma grande casa, em um bairro agradável. Mas, claro, esse não foi o motivo principal; a verdade era que ela se sentia bem na companhia de Pétur e que, aos poucos, estava chegando à conclusão de que poderia estar pronta para seguir em frente, para se comprometer novamente depois de todos esses anos de solidão.

"Eu tive um dia e tanto", disse ela, antes de entrar na cozinha para buscar o café que fez com antecedência.

Quando ela voltou para a pequena sala de estar apertada e entregou uma xícara a Pétur, ele sorriu em agradecimento e esperou que ela continuasse o que estava dizendo, irradiando paciência e simpatia. Ele tinha sido um cirurgião, mas ela achava que ele daria um excelente psiquiatra: era um homem que sabia ouvir.

"Estou parando de trabalhar", ela disse, quando o silêncio cresceu e ficou desconfortável.

"Isso já era esperado, não era?", ele disse. "Não é tão ruim quanto parece, sabe. Você terá mais tempo para seus *hobbies*, mais tempo para aproveitar a vida."

Por certo, ele sabia como fazer isso, ela refletiu, permitindo que um momento de inveja aborrecesse seus pensamentos. Como um médico que teve uma carreira de sucesso, ele não precisava enfrentar quaisquer preocupações financeiras em sua velhice.

"Sim, já era esperado", ela concordou em voz baixa, "mas ainda não". Melhor ser honesta com ele, não tentar embelezar os fatos. "Para dizer a verdade, me dispensaram. Só tenho duas semanas restantes. Eles contrataram um menino para me substituir."

"Puta merda. E você aceitou isso numa boa? Não parece do seu feitio."

"Bem", ela disse, mentalmente amaldiçoando-se por não ter resistido mais quando Magnús deu a notícia, "pelo menos consegui arrancar um último caso do meu chefe, para encerrar".

"Agora, sim. Algo interessante?"

"Um assassinato... eu acho."

"Sério? Duas semanas para solucionar um assassinato? Você não está preocupada que não conseguirá solucionar o caso e ele virá atormentá-la depois que se aposentar?"

Ela não tinha pensado nisso, no entanto Pétur tinha um bom argumento.

"Muito tarde para recuar", ela disse, sem muita convicção. "De qualquer forma, não é cem por cento certeza de que foi assassinato."

"De que trata o caso?" ele perguntou, conseguindo transparecer um interesse genuíno.

"Uma jovem encontrada morta em uma enseada em Vatnsleysuströnd."

"Recentemente?"

"Há mais de um ano."

Pétur franziu a testa. "Não me lembro disso."

"Não atraiu muita cobertura da mídia na época. Ela era uma requerente de abrigo."

"Uma requerente de abrigo... Não, não ouvi nada sobre isso."

Poucas pessoas sabiam, Hulda pensou.

"Como ela morreu?", ele perguntou.

"Ela se afogou, mas havia ferimentos em seu corpo. O detetive que cuidou do caso — não um dos nossos melhores homens, eu poderia acrescentar — descartou-o como suicídio. Contudo, eu não acredito nessa teoria."

Sentindo-se satisfeita com o progresso que fizera naquele dia, ela lhe deu um breve relato de suas descobertas, mas, para sua decepção, Pétur parecia cético.

"Você tem certeza?", ele perguntou hesitante, "você tem certeza de que não está fazendo disso um caso maior do que é?".

Hulda ficou um pouco surpresa com sua franqueza — uma parte dela apreciava isso.

"Não, não tenho certeza alguma", ela admitiu. "Mas estou determinada a acompanhar o caso."

"Bastante justo", ele disse.

Estava ficando tarde. Eles tinham trocado o café por vinho tinto umas horas atrás. Pétur ficou mais tempo do que o previsto, mas, longe de reclamar, Hulda aproveitou a companhia. As nuvens de chuva finalmente se foram, abrindo caminho para o sol, e o céu estava enganosamente claro lá fora, desmentindo o passar da hora.

O vinho não foi ideia de Hulda. Depois de terminar seu café, Pétur perguntou se ela tinha uma gota de *Brandy*, e ela se desculpou, dizendo que tinha apenas algumas garrafas de vinho.

"Eu gosto disso. Faz bem para o coração", ele disse, e quem era ela para questionar a palavra de um médico?

"Parece-me um pouco incomum", Pétur comentou com cautela, analisando até onde poderia ir, "que você não tenha fotos de família à vista".

A observação pegou Hulda de surpresa, mas ela tentou soar casual: "Eu nunca fui esse tipo de pessoa. Não sei por quê."

"Acho que entendo. É provável que eu tenha muitas fotos da minha esposa pela minha casa. Talvez seja por isso que demorei tanto tempo para superar sua morte. Estou preso ao passado, literalmente." Ele deu um suspiro. Eles já estavam na segunda garrafa. "E seus pais? Seus irmãos e irmãs? Nenhuma foto deles também?"

"Eu não tenho nenhum irmão ou irmã", Hulda disse. Ela hesitou em continuar, mas, resignado, Pétur aguardou, apreciando seu vinho. "Minha mãe e eu nunca fomos muito próximas", ela disse, como se justificasse a ausência de fotografias, embora não houvesse motivo para ela ter que dar desculpas.

"Há quanto tempo ela faleceu?"

"Quinze anos atrás. Ela não era tão velha, tinha apenas 70", Hulda disse, consciente de quão assustadoramente breve ela teria aquela idade: em apenas cinco anos. E os últimos cinco anos se passaram em um piscar de olhos.

"Ela não devia ser muito velha quando teve você", Pétur comentou, depois de fazer uma conta mental rápida.

"Vinte... embora eu não ache que essa idade teria contado como jovem naqueles dias."

"E seu pai?"

"Nunca o conheci."

"Sério? Ele morreu antes de você nascer?"

"Não. Eu apenas nunca o conheci, ele era estrangeiro." Suas memórias voltaram. "Na verdade, uma vez, anos atrás, eu fui ao exterior para tentar procurá-lo, mas essa é uma outra história..."

Ela sorriu com educação para Pétur. Embora ela tolerasse essas perguntas íntimas, não estava interessada nelas. Sem dúvida ele esperava que ela lhe fizesse as mesmas perguntas, sobre sua família e o passado, para aproximá-los. Mas isso não iria acontecer. Ainda não. Ela sentiu que sabia o suficiente sobre ele: ele havia perdido sua esposa e morava sozinho (em uma casa que era muito grande para ele) e, mais importante, ele parecia um homem decente e gentil; honesto e confiável. Isso bastava para Hulda.

"Sim", ele disse, quebrando o silêncio, parecendo um pouco bêbado. "Somos duas almas solitárias, tudo bem. Alguns tomam essa decisão na vida cedo... ficar sozinho, quero dizer. Mas, no nosso caso, eu acredito que foi o destino." Ele fez uma pausa. "Minha esposa e eu decidimos conscientemente adiar a vinda dos filhos — até que fosse tarde demais para mudarmos de ideia. No fim, muitas vezes discutimos se tinha sido um erro." Depois de um tempo, ele acrescentou: "Eu não acredito em ter arrependimentos: a vida é como é, ela se desenrola de um jeito ou de outro. Mas, de fato, eu gostaria de não estar tão sozinho nesse momento da vida."

Hulda não esperava por esse tipo de franqueza. Ela não sabia o que dizer, e, depois de um breve silêncio, Pétur continuou: "Eu não sei como vocês dois acabaram sem filhos, e eu não quero ser enxerido, contudo sei que esse tipo de coisa, decisões como essa, tem um grande impacto em nossas vidas. Elas são importantes, muito importantes. Não concorda?"

Hulda assentiu, olhando discretamente para o relógio, depois para a garrafa, e Pétur entendeu a dica: era hora de dizer boa noite.

XI

Por mais ocupada que estivesse, ela sempre era pontual nas visitas que fazia à sua filha. Duas vezes por semana, sem exceção, nunca faltou um dia. Por mais pesada que seja a neve ou feroz a tempestade. Nem mesmo a doença poderia detê-la, uma vez que o vidro que as separava garantia que ela não pudesse infectar sua bebê. Por duas vezes, essas visitas a colocaram em apuros com empregadores antipáticos e, na segunda ocasião, ela pediu a conta. Sua filha vinha em primeiro lugar.

Pelo menos fisicamente, a garotinha parecia estar prosperando. Seu segundo aniversário estava se aproximando rápido, e ela era saudável e grande para sua idade, mas havia um olhar vazio em seus olhos que deixava sua mãe ansiosa.

Talvez, no fundo, ela soubesse que muito tempo havia se passado: que suas visitas não estavam surtindo efeito algum; que o laço invisível que ligava mãe e filha tinha se rompido, em algum momento durante esses dois anos de separação. Talvez, isso aconteceu logo no início, no dia em que, contra a sua vontade, ela havia abandonado sua filha na mão de estranhos. Seus pais, envergonhados de sua filha por ter filho fora de um casamento e por quererem abafar o caso, acharam que isso seria o melhor a se fazer. Eles lhe deram uma escolha difícil: ou dar a criança para adoção — algo que ela nunca sonharia em fazer —, ou colocá-la em uma instituição para bebês "para um novo começo".

Ela morava com seus pais quando sua bebê nasceu e não poderia dar-se ao luxo de se mudar para um lugar só seu, então, para ela, a escolha foi simples: uma vez que desistir de sua bebê para sempre estava fora de questão, a segunda opção parecia o menor dos males.

Depois de terminar a escolaridade obrigatória, ela não tinha nenhuma outra qualificação, e sentiu que agora era tarde demais para compensar isso. De qualquer forma, seus pais nunca a encorajaram a estudar mais, colocando todas as expectativas sobre os ombros de seu irmão mais novo, que estava agora na Universidade de Reykjavík.

Mas as coisas estavam prestes a mudar. Ela estava trabalhando por dois anos, guardando dinheiro e, embora ela ainda estivesse morando com seus pais, não demoraria muito tempo até que pudesse dar-se ao luxo de se mudar para seu próprio apartamento. E então, ela poderia realizar seu sonho há muito tempo desejado, de tirar sua filha da instituição.

Seu relacionamento com seus pais havia se tornado cada vez mais tenso. No início, entorpecida demais para enfrentá-los, quando engravidou inesperadamente, ela permitiu que eles a dominassem. Agora, ela estava com medo de nunca ser capaz de perdoá-los por separá-la de sua filha. Olhando para trás, ela não conseguia entender como havia concordado com uma coisa dessas.

Ela esperava, apenas, que sua garotinha pudesse perdoá-la.

XII

Depois de se despedir de Pétur com um beijo casto na bochecha, Hulda voltou à sala de estar e recuperou sua velha poltrona. Ela estava muito inquieta para já ir para a cama, não poderia enfrentar o escuro sozinha, apenas acompanhada de suas ideias. Havia muitos deles passeando pela sua cabeça, esperando para atacar, cada um mais perturbador do que o outro.

A garota russa ainda estava no centro de seus cuidados, embora ela tivesse afastado o pensamento dela enquanto bebia vinho com Pétur. O vinho — boa: ainda havia um restinho dele. Nenhum motivo para desperdiçá-lo. Hulda pegou a garrafa e derramou as últimas gotas em sua taça. A garota russa... Pensar em Elena, inevitavelmente, trouxe à tona todas as circunstâncias do porquê a morte da jovem acabou sobre sua mesa: ela tinha, para todos os efeitos, sido notificada hoje; disseram-lhe que tirasse suas coisas do escritório; ela foi descartada como um pedaço de lixo.

Na tentativa de se distrair, começou a pensar em Pétur, mas isso também era problemático, porque não queria apostar demais no futuro do relacionamento. Sua visita tinha sido bacana, mas agora eles precisavam dar o próximo passo. Ela não queria perdê-lo e temia acabar fechando as portas em definitivo, se fosse muito devagar. E, sendo realista, quantas oportunidades mais ela teria?

Presa nesse dilema, ela se sentou, olhando distraidamente para sua taça, tomando um gole ou outro de vinho, até que do fundo mais escuro de sua mente, surgiram imagens nas quais ela não queria pensar, as imagens nas quais ela nunca parou de pensar: Jón e sua filha.

Enfim, ela sentiu suas pálpebras caírem e sabia que estava cansada o bastante para ir se deitar, sabendo que ela seria capaz de dormir sem se deixar torturar por seus demônios internos.

Pela primeira vez, ela desligou o despertador que ficava em sua mesa de cabeceira, o relógio, que por tantos anos a acordou pontualmente às seis da manhã, todos os dias de semana, quase sem exceção. Bem, dessa vez o relógio poderia descansar, e Hulda também. Sem pensar muito, ela também colocou seu celular no silencioso, algo que quase nunca fazia, pois seu trabalho era muito importante para ela e gostava de estar disponível dia e noite. Você não consegue sempre, ou talvez nunca, conduzir investigações policiais complexas dentro do horário do expediente.

Fechando os olhos, ela se deixou entrar no mundo dos sonhos.

Dia Dois

I

Hulda ficou surpresa ao descobrir que eram quase onze horas. Ela não conseguia se lembrar da última vez que tinha dormido até tarde. Como sempre, a luz de seu quarto estava acesa. Ela não gostava de dormir no escuro.

Incrédula, ela checou seu despertador novamente: não havia dúvida. Deve ser culpa do cansaço acumulado. Ficou deitada ali por um momento mais, deleitando-se com o fato de que não estava com pressa pelo menos uma vez, e fazendo isso, pedaços de seus sonhos retornaram. Elena apareceu: Hulda podia lembrar-se de viajar de volta para Njardvík, para aquele quartinho desconfortável do albergue. Ela não podia lembrar de todos os detalhes, apenas sabia que o sonho tinha sido perturbador, embora não tão perturbador quanto o que se repetia quase todas as noites, que era tão aterrorizante que, às vezes, ela acordava ofegante. Aterrorizante, não porque sua mente estava descontrolada, pelo contrário, ela tinha uma coleção de detalhes de acontecimentos reais armazenada, que por mais que tentasse, nunca conseguiu esquecer.

Sentando-se, respirou fundo para espantar esses fantasmas. O que precisava agora era de uma xícara de um bom café forte.

Ocorreu-lhe que certamente ela poderia ser capaz de se acostumar a não trabalhar. Sem compromissos, sem despertador. Uma vida confortável, porém, monótona como aposentada, em um apartamento no quarto andar.

Só que ela não tinha intenção de se acostumar com isso.

Ela precisava de um propósito na vida. A curto prazo, precisava solucionar o caso da morte de Elena, ou pelo menos, dar o seu melhor. Hulda sabia que uma vitória como essa permitiria que ela deixasse seu emprego em uma nuvem de glória, mas, mais do que isso, ela sentiu um desejo irresistível de conseguir algum tipo de justiça para a pobre garota. A longo prazo, ela queria se estabelecer com alguém, fugir da solidão, e talvez — apenas talvez — Pétur fosse o escolhido.

Não lhe ocorreu checar seu telefone, até a metade da sua primeira xícara de café porque, ao contrário da atual geração obcecada por *smartphones*, ela não era escrava de seu dispositivo. Os membros mais jovens do DIC mal conseguiam se afastar das telas por um minuto, enquanto Hulda, se tivesse escolha, preferiria nunca ter que olhar para um aparelho desses.

Então, foi uma surpresa que alguém tentasse ligar para ela, duas vezes, de um número que ela não conhecia. Uma ligação para o diretório de consultas revelou que o número pertencia ao albergue que tinha destaque tão proeminente em seus sonhos.

Um jovem atendeu o telefone.

"Bom-dia, é a Hulda Hermannsdóttir. Estou ligando da polícia."

"Certo. Bom dia", respondeu ele.

"Alguém estava tentando me contatar desse número por volta das oito horas da manhã."

"Ah, é? Desse número? Poderia ter sido Dóra, mas também poderia ter sido qualquer um, na verdade. Não fui eu, ele disse em um murmúrio pouco audível."

"O que você quer dizer com 'qualquer um'?", perguntou Hulda.

"Bem, você sabe, todos os moradores têm acesso a este telefone." Ele ressaltou: "Apenas para chamadas nacionais, no entanto. Os números internacionais são bloqueados ou pode apostar que o valor da conta telefônica viria nas alturas." Ele riu.

Hulda não estava de bom humor. "Tem algum jeito de descobrir quem me ligou? Ou você poderia apenas me transferir para Dóra?"

"Dóra? Desculpe, não posso."

"Por que não?", Hulda perguntou, sua paciência estava se esgotando. Claramente, meia xícara de café não era suficiente.

"Ela trabalhou no turno da noite, então agora está dormindo. E não tem por que perturbá-la, pois o telefone dela está desligado."

"Isso é urgente", Hulda protestou, embora soubesse que não era. "Você poderia apenas me dar o número de telefone fixo dela."

O jovem riu outra vez. "Telefone fixo? Ninguém usa telefone fixo mais."

"Bem, então, você pode apenas pedir a ela que retorne a ligação?"

"Ok, eu tentarei lembrar. No número que você está ligando agora?"

"Sim", disse Hulda, que lembrou de algo.

"Você tem uma garota síria hospedada aí e eu preciso falar com ela. Ela está?"

"Síria? Eu não sei. Sou novo aqui, sabe, ainda não conheço todo mundo. Dóra deverá saber."

Hulda decidiu jogar a toalha. "Deixa para lá", ela resumiu. "Eu ligo mais tarde."

"Ok. Então, eu não deveria me preocupar em transmitir a mensagem, que ela retorne a ligação?"

"Por favor, sim, peça a ela que me ligue. Obrigada."

Hulda desligou com um suspiro exasperado e serviu-se de mais café.

II

Era o primeiro dia na casa nova deles: um apartamento minúsculo no porão, tão pequeno que mais parecia um "apertamento", mas foi um grande dia.

Embora tardiamente, ela enfim se mudou da casa de seus pais, se despedindo com carinho, enquanto, em silêncio prometeu a si mesma nunca mais voltar. Depois, ela foi buscar sua filha, um pouco em dúvida de como seria recebida ou, na verdade, se ela teria permissão para levá-la embora.

Suas preocupações se mostraram infundadas. A responsável observou que dois anos era um tempo longo demais para a menina ter vivido com eles: em geral, as crianças passavam apenas alguns meses lá. Ela também avisou que sua filha levaria algum tempo para se adaptar à mudança, mas desejava tudo de bom para as duas. É uma boa menina, ela disse.

E, cruzes, como tinha sido difícil! A criança uivou e uivou, recusando-se a deixar sua mãe pegá-la, recusando-se a ir com ela. Esse não foi o reencontro com o qual sua mãe sonhara por tanto tempo.

Quando finalmente elas estavam prontas para partir, a responsável acrescentou: "Às vezes, ela tem um pouco de dificuldade em pegar no sono."

"Dificuldade em pegar no sono?" A mãe perguntou por quê. "Você tem ideia do motivo?"

A responsável parecia em dúvida, imaginando, talvez, quanto seria sensato revelar sobre o tempo que a garota esteve sob seus cuidados, mas, no final, ela admitiu, com relutância: "Nós tivemos uma criança hospedada conosco no início do ano que costumava" — ela hesitou —, "parece que costumava se divertir cutucando os olhos das outras crianças enquanto estavam dormindo".

Ao escutar isso, um arrepio desceu pela espinha da mãe.

"No início, achamos que foi um episódio isolado", a responsável continuou, "mas por fim fomos forçados a intervir. Sua filha é uma criança sensível, então isso a afetou mais do que a maioria. Ela teve problemas para dormir desde então; tinha muito medo do escuro ao fechar os olhos. Francamente, tem sido um verdadeiro incômodo".

Naquele primeiro dia, a garota não aceitou, de coração, sua nova casa ou a presença de sua mãe. Ela se recusou a falar e evitou seu olhar. Para começar, ela nem comia, embora cedesse no final. E, inevitavelmente, quando chegava a noite, ela se recusava a dormir. Canções de ninar não funcionavam e, em desespero, a jovem começou a se perguntar se ela tinha cometido um grande erro.

A garotinha não conseguiria lutar contra seu cansaço para sempre, embora tivesse se esforçado. Por fim, a mãe conseguiu fazê-la dormir deixando uma luz do quarto acesa. Exausta, ela adormeceu logo após, deitada na cama, ao lado de sua filha. Ela nunca se sentiu tão feliz quanto naquele momento.

III

Hulda ficou um pouco surpresa por não ter notícias de Magnús. Depois da bronca que Alexander lhe deu na noite anterior, ela esperava uma ligação semelhante de seu chefe. Havia apenas duas explicações possíveis do porquê isso não aconteceu: a primeira era que Magnús decidiu ignorar as queixas de Alexander e deixar Hulda investigar o caso em paz. O que era altamente improvável, já que aqueles dois eram unha e carne e, se Alexander tinha reclamado, pode ter certeza de que Magnús o apoiaria. A segunda explicação, mais provável, é que Alexander não tinha ido correndo contar histórias para Magnús, talvez porque ele sabia, lá no fundo, que tinha estragado o inquérito. Ele deve estar rezando para que Hulda falhe na tentativa de encontrar qualquer nova informação, então o assunto poderia deixar de existir sem deixar nenhum vestígio. Ela se perguntou como Alexander sabia que ela estava investigando a morte de Elena, mas a explicação mais provável era que Albert havia contado a ele, uma vez que os dois se conheciam da época em que Albert trabalhava na polícia.

Por mais conveniente que fosse a não intervenção de Magnús, Hulda sabia que não poderia contar com isso por muito tempo. Ela havia recebido duas semanas para trabalhar no caso, mas havia um risco real de ela ser obrigada a encerrar sua investigação antes disso, talvez um dia antes de esvaziar sua mesa, então era vital usar bem o tempo que lhe restava. A primeira tarefa da agenda era seguir a pista que recebeu do intérprete, Bjartur. E quando se tratava da indústria do sexo ou do tráfico humano, quem tinha todas as informações era um policial conhecido como Thrándur. Na verdade, ele havia sido batizado

Tróndur, uma vez que era meio feroês, entretanto, como viveu toda sua vida na Islândia, costumava usar a versão local do nome. Hulda, em particular, nunca se afeiçoara ao homem, embora ele sempre fora muito educado com ela. Ele era muito bajulador, mas ela tinha que admitir que sua opinião sobre Thrándur e sobre outros colegas do sexo masculino estava fadada a ser muito tendenciosa pelo fato de ela não fazer parte do grupo deles. Para lhe dar algum crédito, pelo menos Thrándur era um detetive competente: ele era cauteloso, inteligente e geralmente obtinha bons resultados, ao contrário de Alexander.

Thrándur não atendeu o telefone de sua mesa, então ela tentou o celular. Tocou por séculos, até que ele terminou por atender.

"Thrándur falando", ele disse, de modo formal. Para seu desgosto, ela percebeu que isso significava que ele não se preocupou em adicionar seu número à sua lista de contatos, apesar de todos os anos em que trabalharam juntos.

"Thrándur, é a Hulda. Poderíamos nos encontrar para conversar um pouco?"

"Ora, Hulda! Quanto tempo", ele disse, com uma polidez que parecia fingida. "Eu estou de folga, na verdade, tive que usar um pouco dos dias que sobraram do verão passado. Você pode esperar até amanhã?"

Ela pensou por um momento. Tempo era essencial, ela tinha que fazer algum tipo de progresso hoje e essa era a pista mais promissora que tinha.

"Me desculpe, é urgente."

"Ok, manda bala."

"Eu poderia ir até aí encontrar você?" Ela sabia que, desse modo, seria mais provável obter resultado: se ele mentisse, ela teria uma chance melhor de perceber pela sua linguagem corporal.

"Bem, estou no campo de golfe." Isso não a surpreendeu: Thrándur era a estrela da equipe policial. "E eu estou prestes a começar a jogar. Você pode ser rápida?"

"Onde você está?"

"Urridavellir."

Isso não significava nada para ela.

"O caminho para Heidmörk", ele esclareceu, quando ela não respondeu. Ele lhe deu instruções.

"Estarei aí em um minuto", ela mentiu, bem ciente de que seu velho Skoda não estaria à altura do desafio.

Enquanto dirigia para o sudeste da cidade, ela pensou em Pétur. Na noite boa que tiveram e em quanto sentia falta daquele tipo de companhia. Ela também refletiu sobre o que disse a ele sobre seu passado, e ainda mais sobre o que deixou de dizer. Por enquanto. Haveria muito tempo para isso mais tarde.

Logo, além dos arredores da cidade, a Reserva Natural de Heidmörk a recebeu com toda sua vegetação fresca de primavera, as coníferas, bétulas e arbustos baixos no meio do caminho, entre a monotonia do inverno e a plena glória do verão. Na selva de concreto em constante expansão de Reykjavík, Heidmörk oferecia um oásis calmo de árvores e trilhas para caminhada, onde as pessoas podiam desfrutar os dias em família.

As instruções de Thrándur foram claras, e uma longa carreira na polícia a ensinou a prestar atenção nos detalhes, então não foi difícil encontrar o caminho para o campo de golfe. Apesar do sinuoso e tortuoso caminho de cascalho, que tornava impossível ver qualquer veículo que se aproximava, Hulda e o Skoda chegaram ao seu destino inteiros.

Thrándur estava esperando por ela no estacionamento, vestido com esmero em um traje de golfe, suéter padrão, quepe, um carrinho e um conjunto de tacos ao seu lado. Hulda não tinha parâmetro para julgar suas roupas, mas, dada a compulsão de Thrándur por golfe, ela presumiu que ele não aceitaria nada menos que o melhor.

"Estou um pouco sem tempo", ele disse quando ela se aproximou, incapaz de manter um tom de voz tranquilo. Para dar mais ênfase, ele olhou para o grande relógio do clube. "Sobre o que você quer conversar?"

Hulda não estava acostumada a ser persuadida, e, claramente, Thrándur não estava preparado para deixar alguma coisa atrapalhar seu jogo.

Ela foi direto ao ponto. "É sobre uma garota russa que morreu um ano atrás. Seu nome era Elena."

"Não me lembro de nada, sinto muito", ele disse. "Eu gostaria de poder ajudar." Ele era a personificação da polidez, apesar da sua pressa evidente.

"Ela chegou no país como requerente de abrigo, depois acabou morta em uma praia em Vatnsleysuströnd. A investigação original deixou um pouco a desejar, mas eu acabei de ficar sabendo que ela pode ter sido trazida para trabalhar como prostituta, quiçá por uma quadrilha de tráfico." Ela ficou de olho na reação de Thrándur, notando que havia despertado seu interesse. "Era por isso que queria falar com você", ela terminou.

"Eu... eu não sei nada sobre isso", ele disse em um tom alterado, mais hesitante agora, e evasivo. "Eu nunca ouvi falar de nenhuma Elena." Então, um pouco depois, acrescentou: "Desculpe."

"Mas isso não é fora do comum, é?" Hulda persistiu. "Pessoas virem a esse país sob o pretexto de buscar asilo quando, na verdade, fazem parte de algum tipo de rede de prostituição organizada?" Ela tinha feito algumas pesquisas rápidas na internet antes de sair e tinha encontrado o suficiente para justificar esta afirmação, pelo menos com o propósito de sondar Thrándur para obter mais informação.

"Bem, sim, claro, isso acontece, eu suponho, mas não é algo que estamos investigando no momento. Parece que você recebeu algumas informações enganosas."

"Se algo desse tipo estivesse acontecendo", Hulda perseverou, "há algum nome que você poderia me dar; alguém que poderia estar envolvido nesse tipo de negócio? Alguém que more na Islândia?"

"Não me vem ninguém à mente", ele respondeu, um pouco rápido demais, ela refletiu; sem ao menos parar para pensar, como se preferisse que ela se mantivesse bem longe de investigar qualquer coisa do tipo. "Talvez tenha sido um caso isolado: alguém a trouxe para o país e desapareceu. Esse é o cenário mais provável, não acha?"

"É possível", ela disse lentamente. "Eu suponho... quem seriam os candidatos mais prováveis nesse caso? Se alguém deveria saber, é você." Ela era educada, porém insistente.

"Sinto muito, Hulda", ele disse outra vez, "não tenho a menor ideia. Não é tão simples quanto você pensa. Felizmente, não temos muito crime organizado desse tipo na Islândia. Desculpe, olha, eu de fato tenho que ir agora: se eu me atrasar, vou perder meu *tee time*."

Ela concordou com a cabeça, embora o termo de golfe não significasse nada para ela. "De qualquer maneira, obrigada, Thrándur. Foi bom conversar com você."

"Sem problemas, Hulda. Estou à disposição." Então ele acrescentou, e ela pensou ter detectado um toque de sarcasmo em sua voz: "Aproveite sua aposentadoria."

Ela o observou arrastando seus tacos de golfe pelo caminho em direção a uma pequena colina onde outros três golfistas estavam parados, evidentemente, esperando por ele. Estava um dia agradável para jogar. O céu estava azul e sem nuvens, um colírio para os olhos depois de um inverno sombrio, embora ainda houvesse um toque distinto no ar.

Parecia que Thrándur seria o primeiro a dar o *tee off*, ou como quiser chamar. Ele enfiou a mão dentro de sua bolsa e pegou um taco; nesse momento, notou que Hulda ainda estava no estacionamento, observando-o. Deu-lhe um sorriso bizarro e parou, esperando que ela fosse embora. Ela acenou de volta, não movendo um dedo, apreciando seu desconforto. Ele desviou o olhar e se posicionou, de costas para Hulda, levantou o taco como uma arma, então, balançando-o para trás, atingiu a bola com um controle tremendo. Ela voou para fora do *fairway* e aterrissou do outro lado de uma cerca de arame farpado. Pelas reações de Thrándur e seus colegas, ela deduziu que não tinha sido essa a intenção.

IV

A garota ainda estava fechada em sua concha, demonstrando pouca emoção, além do choro constante, mas sua mãe se recusou a desistir. O abismo entre elas tinha que, de alguma forma, ser superado. Era como se a sua filha a estivesse punindo por sua ausência, o que era terrivelmente injusto, uma vez que a mãe tinha sido impotente para agir de forma diferente. Ela não teve nenhuma escolha. E agora cá estava ela, sozinha com sua filha, mal conseguindo dormir à noite por se preocupar com o futuro. Como ela conciliaria trabalho com a criação da filha? Quase todas as mulheres que conhecia eram donas de casa casadas, com vasto tempo para suas casas e filhos. Não era apenas a sociedade que estava contra ela: até mesmo os que ela chamava de "amigos" não escondiam sua desaprovação de sua condição de mãe solteira. Enquanto isso, seus pais, ainda convencidos de que a garotinha deveria ter sido entregue para adoção, reagiram mal à sua decisão de fazer tudo sozinha e se mantinham afastados. Na maioria dos dias, ela sentia que não tinha para quem pedir ajuda.

Longe de ser fortalecida pela adversidade, sentia-se cada vez mais desgastada.

Quando estava no trabalho, a mãe não tinha outra escolha a não ser confiar sua filha à uma babá que morava nas proximidades, uma mulher fria e rigorosa com métodos antiquados para educar crianças. Todos os dias da semana, era uma tristeza para a mãe deixar sua garotinha no apartamento de porão da babá, que cheirava a fumaça de cigarro. Mas ela tinha que trabalhar para conseguir se sustentar e à sua filha, e essa mulher era quem podia pagar em seu bairro.

Dar tchau à sua filha nunca era fácil. Embora soubesse que iria buscá-la novamente ao final do dia, cada despedida parecia uma repetição da primeira separação. Ela rezava para que a garotinha não sentisse o mesmo. A criança chorava todas as vezes, mas não estava claro que a separação de sua mãe era a causa de suas lágrimas.

    Ela dizia a si mesma que tudo ficaria bem ao final, que a relação entre mãe e filha acabaria se normalizando. O normal era tudo pelo que pedia. Lá no fundo, entretanto, ela sentia — ela sabia — que isso nunca aconteceria. O estrago era irreparável.

V
—

    Thrándur estava escondendo informações, isso estava claro, mas Hulda não deixaria que isso a detivesse.

    Entre seus poucos amigos na polícia, havia uma pessoa que tinha os contatos necessários no submundo onde Thrándur passou seus dias.

    Como Hulda não tinha desejo algum de pôr os pés no DIC, ela marcou um encontro com sua amiga num café em Kjarvalsstadir, uma galeria de arte nos arredores da cidade. O caso decerto a estava mantendo ocupada. Embora ela sentisse, por algum motivo, um senso de obrigação para com Elena, ela também sabia que o caso era um meio de desviar o sentimento angustiante de rejeição que a inundava todas as vezes que revivia sua conversa com Magnús.

Não havia quase ninguém no café a não ser um jovem casal — turistas, a julgar por mochilas e câmera — que estava comendo fatias de torta de maçã. Era visível que eles estavam apaixonados, como ela e Jón no passado. Seu coração não foi conquistado com facilidade, todavia ela acabou se apaixonando loucamente por ele, e a vívida memória que tinha da situação era muito dolorosa. Não sentiu tamanha emoção em seu peito por Pétur, mas tudo bem: ela gostava dele de verdade e podia ver algum tipo de futuro com ele. Isso bastava. Talvez, ou melhor, com certeza ela perdeu a capacidade de amar e sabia exatamente o momento em que isso aconteceu.

A torta de maçã parecia tão tentadora que Hulda pediu uma fatia enquanto aguardava a amiga, e foi justo quando estava terminando o último pedaço que sua amiga entrou no café da galeria. Karen era vinte anos mais jovem que ela, mas sempre se deram bem. Hulda a colocou debaixo de suas asas — não de um jeito maternal, uma vez que nunca pôde pensar em Karen como filha, mas como uma professora e sua pupila. Vendo-se na mulher mais jovem, ela tentou guiá-la pelo mundo labiríntico do patriarcado da polícia. Karen provou ser uma aluna apta. Agora, ela estava subindo rápido, conquistando posições que Hulda apenas sonhou em conquistar. Hulda assistiu à ascensão meteórica de sua protegida com uma mistura de orgulho e inveja, uma vozinha dentro dela perguntando: por que você não subiu mais alto?

Era uma pergunta para a qual ela não tinha encontrado uma resposta satisfatória. Sem dúvida, houve todos os tipos de fatores contribuintes, incluindo atitudes para com as mulheres no passado, a verdade, porém, é que ela sempre achou difícil se relacionar com seus colegas, sempre os manteve a distância e pagou o preço por isso em sua carreira.

"Hulda, querida, como você está? É verdade que você está deixando a polícia? Você já saiu?" Karen se sentou na cadeira em frente a ela. "Receio que não possa ficar muito tempo — dei uma escapadinha do trabalho, você sabe como é."

Karen trabalhava para Thrándur no vice-esquadrão, mas agora ela tinha dado o próximo passo.

"Você não quer um café?", perguntou Hulda. "E um bolinho?"

"Bolo nem pensar, estou numa dieta livre de glúten, mas eu vou tomar um café." Karen se levantou novamente. "Eu mesma irei buscá-lo."

"Não, por favor, deixe-me..."

"Não, não quero nem ouvir isso", Karen interrompeu, no que pareceu para Hulda como um tom de pena. Como se uma xícara de café pudesse levá-la à falência, agora que estava se aposentando. Se havia algo que Hulda não suportava era ser motivo de pena. Ainda assim, ela não iria perder seu tempo discutindo algo tão trivial, então ela deixou passar.

"Nós, sem dúvida, devemos almoçar juntas de vez em quando", disse Karen, voltando com um capuccino, "assim não perderemos contato. Claro, eu sabia que você era mais velha que eu, mas não imaginava que você era tão velha". Karen parecia considerar isso um elogio, coisa nada previsível. Ela sorriu, nem um pouco envergonhada por sua gafe. Talvez ela achasse que Hulda ficaria lisonjeada com essa referência à sua aparência jovem.

Hulda tentou ignorar sua irritação, mas estava se dando conta de que elas nunca tinham de fato sido amigas. Karen precisava de seu apoio e amizade enquanto estava galgando degraus de sua carreira, porém agora, claramente, Hulda havia servido ao seu propósito e poderia ser descartada. Em silêncio, ela se amaldiçoou por não ter percebido isso antes, mas agora ela precisava de Karen.

"Estou me aposentando", disse ela.

"Sim, eu ouvi. Todos nós iremos sentir muito a sua falta, querida, você sabe disso."

"Sim, claro. Eu também sentirei o mesmo", Hulda disse sem sinceridade. "De qualquer forma, há um assunto que Magnús pediu que eu esclarecesse antes de ir embora; algo que seria necessário um policial experiente para dar uma olhada." Estava faltando um pouco de verdade em suas palavras, mas Hulda estava se acostumando com isso.

"Sério, Maggi pediu isso?" Karen parecia demasiado surpresa.

Hulda nunca teria pensado em se referir ao seu chefe como "Maggi".

"Sim, ele pediu. Trata-se de uma jovem russa que morreu há pouco mais de um ano. Ela pode ter trabalhado como prostituta aqui, sob o pretexto de ser uma requerente de abrigo."

O rosto de Karen assumiu um olhar vago. Ela olhou para seu relógio e sorriu de maneira superficial, impaciente para ir embora.

Depois de um silêncio curto e constrangedor, ela disse: "Desculpe, não acho que consigo ajudá-la com isso. Nunca ouvi falar desse caso e, de qualquer forma, eu mudei de cargo."

"Sim, estou ciente disso", Hulda disse com tranquilidade, "mas eu tinha a impressão de que você conhecia bem esse mundo, que estava familiarizada com os principais nomes e rostos. Talvez eu tenha entendido mal os tipos de trabalhos com os quais você estava envolvida..." Ela jogou a isca. Tinha passado por sua cabeça perguntar à Karen, sem rodeios, se ela não tinha sido confiada a nada tão importante, mas achou que ela tinha entendido a mensagem em alto e bom som.

"Não, você está certa. Pode mandar", disse Karen, pegando a isca.

"Existe alguém que ainda não conseguimos pegar, que é suspeito de... bem, estar envolvido nessa linha de negócios?"

"Não sei qual é o cenário do negócio hoje em dia, mas tem uma pessoa que me vem à mente. No entanto..." Karen parou, mas Hulda não iria deixá-la largar a isca. Ela esperou... depois esperou um pouco mais: coisa que sabia como fazer. Logo, Karen se sentiu compelida a continuar: "Como era difícil relacioná-lo a qualquer coisa, nós meio que desistimos. O nome dele é Áki Ákason — você deve ter ouvido falar dele. Ele gerencia um negócio por atacado."

O nome era familiar, embora Hulda não conseguisse dar-lhe um rosto. "Jovem ou velho?"

"Por volta dos quarenta. Mora no oeste da cidade, em uma casa que deve ter custado os olhos da cara."

"O negócio por atacado pode pagar bem."

"Não tão bem, acredite em mim. Ele está envolvido nisso até o pescoço. Mas, às vezes, você não consegue nada que conecte a pessoa ao caso, então você tem que deixar para lá e seguir em frente. Por piedade, não espalhe essa notícia, embora, oficialmente, o homem esteja limpo."

"Não se preocupe. Eu guardarei essa informação comigo", Hulda assegurou-lhe. "É interessante, no entanto duvido que me ajude neste caso. O que eu preciso é de uma ligação com a garota morta."

"Eu entendo. De qualquer modo..."

E então elas se despediram, com indiferença de ambos os lados. Apesar do que tinha dito, Hulda tinha toda a intenção de fazer uma visita a esse atacadista. Afinal, o que ela tinha a perder?

VI

Embora a vida com sua filha tenha se tornado uma rotina, não era bem como a mãe imaginava. Ela estava achando tudo isso uma batalha difícil e implacável. A criança era impertinente, rebelde e retraída, embora a mãe fizesse o seu melhor para enchê-la de amor e gentileza. As noites eram as horas mais difíceis: a garotinha ainda estava com tanto medo do escuro que só conseguia dormir com a luz acesa. A sua situação financeira era precária e todas as preocupações com sua filha, com dinheiro e com o futuro estavam cobrando seu preço.

Ela tinha começado a se arrepender de nunca ter contado ao pai da menina que estava grávida. Ele era um soldado americano, fixado na Islândia após a guerra, e o relacionamento deles tinha sido ainda mais breve, durou apenas uma noite ou duas. Quando ela se deu conta de que estava esperando um filho, ela ficou acordada noite após noite, matutando se deveria procurá-lo, mas a barreira parecia intransponível. Ela simplesmente não conseguia fazer isso, pois se sentia muito envergonhada do seu relacionamento e do que resultou. Claro, ambos eram culpados pelo que aconteceu, só que ele estava livre para voltar para sua terra natal, deixando-a sozinha para enfrentar as consequências: gravidez, um filho ilegítimo e a intolerância de familiares e amigos.

Agora, claro, era tarde demais. Ele havia voltado para a América. Embora ela soubesse em qual estado ele morava, isso não ajudaria muito, pois, por incrível que pareça, ela não sabia seu sobrenome. Ele deve ter dito a ela em algum momento, mas seu inglês era limitado, então era provável que ela possa ter perdido essa parte. Além disso, teria parecido irrelevante no momento. Se ela não tivesse tão terrivelmente assustada, ela poderia ter lhe contado quando descobriu que estava grávida, uma vez que ele ainda estava na Islândia. Mas a ideia de viajar para a base americana em Keflavík e pedir para falar com um soldado, com nada mais que seu nome de batismo, com sua barriga já começando a aparecer... Minha nossa, não, ela não poderia fazer isso! No entanto, agora ela poderia ter se batido por ter sido tão patética. Ela desejou ter tido mais coragem para o bem da criança, pela garotinha que teve um início de vida tão difícil e que, certamente, nunca conheceria seu pai. E ele nunca saberia que tinha uma linda filha por esses lados frios da Islândia. Teria sido apenas um dos muitos cargos para o jovem e bonito soldado; embora ele tenha visitado o país apenas uma vez, ele deixou para trás uma lembrança permanente de sua presença.

Ela temia ter que explicar isso para sua filha, um dia.

VII

Hulda ainda estava em Kjarvalsstadir quando Dóra ligou do albergue.

"Não consegui falar com você essa manhã", Dóra disse. "Estou atrapalhando?"

Depois que Karen foi embora, Hulda ficou no café, sentindo-se cansada e desanimada. Ela precisava continuar lá um pouco mais antes que pudesse juntar forças para voltar para o clima de primavera islandês, que, desta vez, anunciava um fim, ao invés de um começo. O fato era que ela não conseguia aceitar a ideia de ter que desistir do trabalho. Não foi apenas a maneira improvisada de seu chefe dar a notícia a ela que a deixou nesse estado de choque confuso, nem por estar chateada por ter que sair mais cedo do que o planejado: ela estava chateada por ter que sair. Diga o que quiser sobre seus colegas, seu trabalho era sua salvação. Até suas brigas e inveja eram preferíveis a ficar enfiada dentro das quatro paredes de seu prédio, onde, sem nada para distraí-la, ela seria dominada pelas lembranças do passado. Não apenas dominada, mas sufocada. Ela sempre dormiu mal desde que se conhece por gente, mesmo antes dos pesadelos recorrentes terem começado. Tudo o que a mantinha em movimento eram seus casos, suas investigações, a pressão de seu trabalho. A noite passada foi atípica — os sonhos com a garota russa morta afastaram aquelas outras memórias do passado: seu arrependimento, sua culpa. Ela poderia ter feito algo diferente...?

Hulda ficou ali sentada, refletindo sobre seu destino. Ela era a única pessoa no café da galeria; até os turistas já tinham ido embora. Ninguém estava interessado na arte islandesa ou na torta de maçã com creme em um dia gloriosamente ensolarado, apesar da brisa fria proveniente do norte. Afinal, você sempre pode encontrar um lugar seguro para se abrigar.

Todos os seus dias seriam assim quando se aposentasse? Sentada em cafés, tentando preencher as horas longas e vazias? Ela brincou com a ideia de ligar para Pétur e convidá-lo para tomar um café com ela, mas se segurou, não querendo parecer muito entusiasmada.

E Dóra perguntou se estava atrapalhando. Que ironia!

"Não", disse Hulda, dizendo a verdade nua e crua. "Desculpe, eu não ouvi o telefone antes. Espero que não seja nada urgente."

"Ah, não, de forma alguma. Para ser honesta, não consigo entender por que você está se preocupando tanto com isso. A garota morreu anos atrás e todos estão satisfeitos — se você entende o que quero dizer."

Hulda entendia, muito bem. Sem ninguém para falar por ela, a pobre garota russa tinha recebido um tratamento precário da polícia. Embora não tenha sido sua culpa, Hulda se sentia envergonhada.

"Eu acabei de me lembrar de uma coisa — é provável que seja bastante irrelevante, mas, nunca se sabe, pode ser útil para você."

No mesmo instante, Hulda estava na beirada do seu assento, ouvidos atentos.

"Teve uma vez que um cara veio buscá-la — um estranho."

"Um estranho?"

"Sim, não era nenhum dos advogados que costumavam lidar com esses casos de abrigo. Nem aquele intérprete russo. Era outra pessoa."

"Você disse que ele veio buscá-la?"

"Sim, eu a vi entrando no carro dele fora do albergue. Acabei de lembrar disso." Pelo som de sua voz, Dóra estava se sentindo bastante satisfeita consigo mesma sobre ter novas informações para compartilhar. "Veja você, eu me lembro de ficar pensando onde ela estava indo com aquele cara, porque, claro, ela não conhecia nenhum islandês."

"Ele era islandês?", Hulda perguntou, pegando seu caderno e anotando os detalhes. De súbito, ela se sentiu energizada.

"Sim."

"Como você sabe? Você falou com ele?"

"O que, eu? Não. Eu apenas os encontrei lá fora, embora ele deva ter entrado para chamá-la na recepção. Eu estava começando meu turno ou algo do tipo."

"Como você sabe que ele era um islandês?", Hulda repetiu.

"Sempre dá para reconhecer um islandês de longe; todos eles se parecem — você sabe o que quero dizer. Rosto típico de islandês, aparência de islandês."

"Você poderia descrevê-lo?"

"Não, faz muito tempo."

"Ele era magro? Gordo?" Hulda suspirou baixinho ao pensar em ter que extrair todas as informações dessa garota pouco a pouco.

"Sim, era gordo, isso mesmo. Meio gordo e um pouco feioso, pelo que me lembre."

"Então não fazia seu tipo?", disse Hulda.

"Céus, não! Lembro-me de pensar que, talvez, ela tivesse encontrado um namorado, mas eles não pareciam ter conexão alguma — ela era atraente, você sabe, alta e bonita, mas ele era baixo e gordo."

"E você nunca o tinha visto antes?"

"Não, acho que não."

"Você se lembra quando isso aconteceu?"

"Você deve estar brincando. Eu mal consigo lembrar o que comi no café da manhã. Credo, foi um pouco antes de ela morrer!", disse Dóra, apontando o óbvio.

"Você acha que ele poderia ter sido namorado dela?" Pelo que soube da conversa com Bjartur, Hulda tinha sua própria teoria sobre o que tinha acontecido, mas ela queria saber se Dóra também suspeitava de algo semelhante. No entanto, ela não perguntou diretamente. Não havia nenhum motivo para iniciar um boato — ainda não.

"Bem, não, na verdade não, só passou pela minha cabeça. Se ela tivesse um namorado islandês, tenho certeza de que ele teria mais o perfil dela do que esse cara."

"Você tem ideia do que ele queria com ela?"

"Não. Mas isso não era da minha conta. Eu já tenho trabalho suficiente gerenciando esse lugar; o que os residentes fazem não é problema meu."

"Qual era a idade dele?"

"Difícil de dizer. Ele era apenas um cara. Um cara de meia-idade, sabe. Mais velho do que ela."

"Você viu que tipo de carro estava dirigindo?"

"Sim, um grande *off-roader*. Caras como ele, em geral, dirigem um 4x4 como aquele, preto."

"Qual tipo de 4x4?"

"Não me pergunte isso, não consigo diferenciá-los. Todos parecem iguais."

"Poderia ter sido esse o dia em que ela morreu?"

"Sabe, não tenho certeza", Dóra disse. "Pode ter sido o dia anterior, mas eu duvido. Sem dúvida eu teria ligado as duas coisas na época."

"Você voltou a ver o homem desde então?"

"Não, acho que não."

"Isso tudo é muito interessante, Dóra. Obrigada por ligar. Você poderia voltar a entrar em contato caso se lembre de outra coisa? Qualquer coisa."

"Sim, claro. Isso é um pouco excitante, não é? Essa brincadeira de detetive. Quero dizer, às vezes eu leio romances de crimes, mas eu nunca imaginei que eu mesma me envolveria num caso."

"Não é bem a mesma coisa", começou Hulda, num tom abafado, então, vendo uma oportunidade, mudou o tom e acrescentou em uma voz mais encorajadora: "Você poderia me fazer o favor de ficar de olhos bem abertos?"

"Como assim?"

"Pergunte às pessoas, no caso de alguém lembrar de algum detalhe que possa ser importante. Veja, eu acredito que Elena foi assassinada, e cabe a nós tentar encontrar a pessoa responsável." Ela teve uma pontada de dúvida: ela poderia estar colocando essa garota em uma posição comprometedora — até mesmo em perigo... Ela descartou a ideia. Não era como as coisas funcionavam em um lugarzinho pacífico como a Islândia. Aqui, as pessoas matavam apenas uma vez: no calor do momento; sob a influência de álcool ou drogas; em um acesso de raiva ou ciúmes. Assassinato premeditado era inédito, ainda mais com alguém cometendo mais de uma morte como essa. Ela estava perseguindo um assassino, tudo bem, não tinha dúvidas sobre isso, mas Dóra estava segura.

"Claro. Eu vou perguntar para as pessoas, sem problemas."

"O que aconteceu com a mulher síria?", Hulda perguntou. "Eu poderia, talvez, conversar com ela agora?"

"Não, desculpe. A polícia veio e a levou embora."

"Como assim?"

"Ela está sendo deportada. Isso acontece. Você sabe, é um pouco parecido com aquela brincadeira das cadeiras que você brincava quando era criança. A música começa, todos se levantam e caminham em volta das cadeiras e, quando a música para, alguém fica sem cadeira. Hoje, foi a vez da mulher síria."

VIII

Ela mencionou uma ou duas vezes que adoraria sair da cidade e conhecer um pouco mais a Islândia. Ir para o campo, para longe da cidade — não que houvesse muita cidade aqui. Até Reykjavík era um pouco mais que um vilarejo, em comparação com o que ela estava acostumada.

Ela estava um pouco séria quando ele trouxe à tona a ideia da viagem. Em razão do clima inóspito, não esperava que desse certo. Um vendaval gelado e implacável soprava do mar, dia após dia, acompanhado algumas vezes por chuva e, com mais frequência, por neve. A brancura imaculada era linda quando vista da janela, mas as condições em constante mudança, significava que raramente mantinha sua beleza de cartão postal por muito tempo, transformando-se primeiro em lama cinza, depois em gelo nas inevitáveis geadas que se seguiam, antes de ser coberta outra vez por uma nova queda de neve.

Então foi uma surpresa quando ele ligou para sugerir uma viagem rápida de final de semana para ver a neve. Ela olhou pela janela para a chuva forte, ouviu o uivo do vento através do vidro e estremeceu. Mas você só vive uma vez, ela pensou. Melhor concordar e experimentar algo novo, uma aventura à beira do Ártico.

"Não estará frio?", ela perguntou. "Parece que está tão frio lá fora."

"Mais frio do que isso", ele respondeu como se estivesse lendo sua mente: "Será uma aventura."

Então eles estavam pensando na mesma linha.

Ela se ouviu dizer sim. Mas tinha outras perguntas, também: para onde iremos? Como chegaremos lá? O que devo levar?

Ele disse a ela para relaxar. Eles iriam em seu 4x4. Não que viajariam para longe: o clima era imprevisível e eles não queriam arriscar nada. Apenas longe o suficiente para se afastar de tudo isso, para dar o gostinho do isolamento.

Ela tentou uma vez mais. "Para onde iremos?"

Ele não falava.

"Você verá", ele respondeu por fim, então perguntou-lhe se tinha um casaco quentinho que pudesse levar, como uma jaqueta *puffer*. Quando ela disse que não tinha nada apropriado, ele se ofereceu para emprestar uma. Ela precisaria pegar algumas roupas íntimas grossas, de lã também, para mantê-la aquecida durante a viagem, especialmente à noite: é quando o frio de fato pega para valer.

Por um momento, ela se perguntou se deveria mudar de ideia sobre ir, mas ela sentiu o chamado, o apelo ao seu espírito de aventura. Ela lhe disse, como ele já deve saber, que ela não tinha nenhuma roupa íntima de lã, e ele se ofereceu para comprar algumas para ela, para lhe emprestar o dinheiro. E ela poderia pagar de volta depois.

IX

Seria possível que ela estivesse se aproximando da verdade? Seria possível que aquele desconhecido tivesse buscado Elena um dia antes de seu corpo ser encontrado; que ele era um cliente? Hulda poderia imaginar a cena como se estivesse estado lá. Podia imaginar quão sozinha e abandonada Elena deve ter se sentido, obrigada a se prostituir numa terra estranha. Talvez ele tenha sido seu primeiro cliente. Talvez, quando chegou a hora, ela tenha dito não. Sua recusa poderia ter lhe custado a vida?

A ideia encheu Hulda de raiva e ódio impotentes. Ela teria que se sondar. O que foi que o bispo Vídalín escreveu uma vez? Ódio acende um inferno nos olhos; um sentimento que conhecia muito bem.

Decidindo que isso merecia outro telefonema para Bjartur, ela ligou e perguntou se Elena já havia se referido a algum cliente pelo nome ou profissão, por exemplo. Bjartur estava ansioso por ajudar mas, infelizmente, Elena não tinha compartilhado nenhum detalhe com ele.

O próximo passo era procurar Áki, o empresário suspeito de operar uma rede de prostituição. Depois de rastrear seu endereço, Hulda dirigiu até a área de luxo na zona oeste da cidade onde morava. Sua casa era isolada e antiga, com um jardim bem cuidado. Os galhos das árvores ainda estavam nus, mas havia uma sensação de expectativa em relação a eles, como se estivessem prestes a dar os primeiros botões de primavera. Uma aura de paz pairava sobre a casa despretensiosa, no bairro caro, como se ninguém estivesse em casa, uma impressão apoiada pela ausência de um carro no local. Ela tentou a campainha. Como não obteve resposta, decidiu esperar um pouco em seu carro, no caso de o proprietário voltar. Essa foi a melhor pista que recebeu até agora e ela queria emboscar Áki pessoalmente, bombardeá-lo com perguntas antes que ele tivesse a chance de preparar suas respostas. Além disso, ela não tinha para onde ir. Retrocedendo um pouco, estacionou o velho Skoda a uma distância discreta, em um local onde ela ainda tinha uma boa vista da casa.

Ela perdeu a conta das horas que passou esperando em seu carro durante sua carreira — já era um hábito —, mas, depois de passadas duas horas, ela estava se coçando para se levantar e esticar as pernas. Melhor ficar um pouco mais, ela disse a si mesma. Ou ela deveria bater à porta por acaso? Afinal, ele pode estar lá dentro; ele pode ter estado em casa o dia inteiro.

Enquanto ela estava avaliando suas opções, um 4X4 estacionou em frente à casa. De dentro dele, saiu um homem magro, de aparência jovem, com cabelos curtos e um jeito enérgico e bem decisivo. Hulda o observou entrar na casa e deu alguns minutos antes de seguir seus passos e bater à porta. O homem atendeu, ainda de sapatos e jaqueta.

Ele parecia surpreso com a visita e esperou, quieto e vigilante, que ela dissesse a que veio.

"Áki?" Hulda fez o possível para parecer calma e serena.

"Sim", seus lábios se contraíram em um sorriso encantador.

"Poderíamos conversar?"

"Depende. Sobre o quê?" Sua voz era suave, com um toque de firmeza por baixo.

"Meu nome é Hulda Hermannsdóttir. Sou da polícia." Ela enfiou a mão dentro do bolso esperando que sua identificação estivesse lá.

"A polícia", ele disse pensativo. "Sei. Você deveria entrar. Aconteceu alguma coisa?"

Ela queria dizer que sim, relembrando as fotos do corpo de Elena na praia, mas se conteve: "Não, nada demais. Estou apenas fazendo algumas perguntas, se estiver tudo bem para você." Ela foi tão educada quanto poderia ser sob as circunstâncias, não querendo dar a Áki qualquer motivo para ligar para seu advogado. Melhor simplificar as coisas por enquanto. Seria difícil justificar essa visita com base nas evidências que tinha disponíveis. Apenas cutuque-o um pouco e veja o que acontece, tente ter uma noção de quem ele é.

Ele a convidou para se sentar na sala de estar — possivelmente uma de muitas, já que a casa parecia maior por dentro do que pelo lado de fora. A decoração era moderna e minimalista, monocromática e com muito aço. Hulda se sentou em um sofá preto feito de algum material brilhante que parecia gelado ao toque, enquanto Áki se empoleirou em frente a ela em um escabelo, parte de um conjunto com uma poltrona bonita.

"Estou com o tempo um pouco apertado, na verdade", foi seu primeiro comentário, como se quisesse marcar território, transmitir a mensagem de que ela estava lá sob seus termos.

"Eu também", ela disse, consciente de que seus dias como policial foram numerados. "Eu queria lhe perguntar sobre uma jovem da Rússia..." Ela permitiu que um breve silêncio se desenrolasse, no qual estudou a reação de Áki, e pensou ter detectado sinais de que ele sabia sobre o que ela estava falando. Seu olhar se esvaiu por um segundo, então voltou a se fixar no dela.

"Rússia?"

"Ela veio para a Islândia como uma requerente de abrigo", Hulda elaborou, decidindo ir direto ao assunto sem lhe dar qualquer aviso, "mas parece que, na verdade, ela foi vítima de tráfico sexual". Essa era a teoria na qual estava trabalhando, então ela poderia ir em frente e declarar isso como um fato.

"Receio não ter ideia do que você está falando, Hulda." Seu olhar permaneceu fixo no dela. "Não estou acompanhando. Você está achando que eu conheço essa mulher?"

Conheço, no presente. Um sinal de que ele não sabia nada sobre Elena e sobre o que havia acontecido com ela, ou de que ele era culpado e estava tentando despistá-la?

"Ela está morta", declarou Hulda, sem rodeios. "Seu nome era Elena. O corpo dela apareceu em uma enseada em Vatnsleysuströnd."

O rosto de Áki permaneceu inexpressivo: ele não parecia disposto a mostrar a porta à Hulda. Ele se manteve firme: controlado, com um ar respeitável, em seu jeans azul-escuro, camisa branca, jaqueta de couro preta e sapatos pretos brilhantes. Toda a sua aparência, como sua casa e carro, sinalizava riqueza.

"A propósito, linda casa", observou Hulda, examinando seus arredores. "Você trabalha com quê?"

"Obrigado. Embora minha esposa mereça a maior parte dos créditos. Nós gostamos de estar cercados por coisas bonitas."

Hulda sorriu. "Linda" não foi a primeira palavra que veio à sua mente quando viu os móveis e a decoração; "fria" era o adjetivo que ela teria escolhido.

Mas ela não disse nada, apenas esperou ele responder sua pergunta.

"Estou no ramo do atacado", ele disse após uma pausa, orgulhoso do fato, ou pelo menos interessado em dar essa impressão.

"O que você vende?"

"O que você quer?" Seu sorriso se alargou, então, mais sério, ele continuou: "Talvez eu não devesse brincar com isso na frente de uma policial. Eu importo um pouco disso e um pouco daquilo: álcool, móveis, eletrônicos, tudo o que pode ser vendido com uma boa margem. Espero que ser capitalista não seja crime ainda."

"Claro que não. Então é isso?"

"Isso?"

"Você conhecia Elena? Posso mostrar uma foto dela."

"Não é necessário. Posso assegurar que não a conheço. Nunca ouvi falar dela antes, nunca conheci nenhuma requerente de abrigo russa, não tenho negócios com a Rússia e ponto final. E sou bem casado, então não preciso recorrer a prostitutas, se é o que você está insinuando." Ele ainda exalava uma calma quase sobrenatural.

"Não, longe disso", Hulda garantiu. Ela estava ciente de uma crescente sensação de desconforto, apesar do ambiente opulento. A mesa de centro de vidro entre eles brilhava como um espelho, a sala era clara e arejada, o sol do fim da tarde lançava raios de luz pelas janelas. Áki dava a impressão de ser um membro respeitável do público, educado, bem arrumado, até bonito, mas seu instinto lhe disse que ela estava duelando com um adversário formidável — e no território dele.

Embora o silêncio que se seguiu tenha durado apenas alguns segundos, o tempo parecia passar com infinita lentidão.

"Na verdade, o que eu queria perguntar..." Hulda hesitou, coisa que não era de seu feitio. Ela se obrigou a continuar: "O que eu queria lhe perguntar era se você foi o responsável por trazê-la para o país."

Áki não parecia nem um pouco perturbado.

"Bem, eis uma questão. Você está me perguntando se eu trouxe uma prostituta para o país?"

"Sim, ou prostitutas."

"Agora você realmente exagerou." Sua voz sobressaiu, e Hulda, de chofre, gelou, apesar do calor da sala.

"Estou falando de tráfico", perseverante, ela continuou. "Crime organizado de prostituição. De acordo com minhas informações, Elena estava envolvida nesse meio."

"Interessante. E por que exatamente você acha que eu estou envolvido nesse ramo?" A voz de Áki havia recuperado sua suavidade sedosa.

"Eu não acho nada", Hulda disse ligeira, relutante em acusá-lo de estar envolvido em atividades criminosas, pois não tinha provas concretas.

"Mas você está insinuando tanto", ele disse, sorrindo mais uma vez.

"Não, estou apenas perguntando se você sabe algo sobre essa garota ou esse tipo de atividade?"

"E eu já lhe disse que não. Para ser franco, eu acho um pouco demais que um policial venha bater à porta de um cidadão cumpridor da lei como eu, alguém que sempre pagou mais que seu quinhão de impostos, para me acusar de comandar algum tipo de quadrilha. Você não concorda?" Ele ainda estava estranhamente calmo, sua voz nivelada. Hulda se perguntou se um inocente não ficaria mais ofendido, mais zangado.

"Eu não a acusei de nada, e se você não sabe nada sobre a Elena..."

"Por que você veio até aqui?", ele perguntou abruptamente, pegando-a desprevenida. "O que lhe fez vir me procurar?"

Ela mal podia lhe dizer que sua fonte na polícia acreditava que ele era uma peça importante no jogo da indústria do sexo.

Após uma pausa constrangedora, ela disse: "Uma denúncia anônima."

"Uma denúncia anônima? Nem sempre são confiáveis, são?" Ele explicou: "Você tem alguma evidência para eu refutar? É difícil a gente se defender contra alegações tiradas do nada. Você deve saber" — ele se aproximou — "que eu tenho uma reputação para zelar. Nos negócios, uma boa reputação é tudo".

"Eu entendo perfeitamente. E posso lhe garantir que essa conversa não continuará. Já que você, por certo, não está familiarizado com o caso, não há nada mais a ser dito." Hulda sentiu uma necessidade urgente de sair daquela casa, para a tarde ensolarada, embora o comportamento de Áki não tenha sido nem um pouco ameaçador. Bem o oposto, na verdade.

De repente, ela se sentiu cercada. As palmas de suas mãos estavam suadas e ela estava se sentindo cada vez mais nervosa, sentindo que as mesas estavam viradas. Muitas vezes ela tentou entrar na cabeça dos suspeitos, não por simpatia por sua situação, mas para melhorar sua técnica de interrogatório. Com o passar dos anos, ela achava que se tornara bastante competente. Uma vez ela foi tão longe ao ponto de se trancar em uma cela para descobrir como era esse tipo de confinamento e por quanto tempo ela seria capaz de aguentar. Antes de trancar a porta, seu colega lhe perguntou se ela estava certa do que estava fazendo, e ela assentiu, apesar de sentir o suor frio escorrendo por sua pele. Ele fechou a porta, deixando Hulda sozinha, com nada além de quatro paredes. Ao lado da porta blindada, havia uma janela estreita e, acima da cama, outra, um pouco maior, com vidro fosco, com o único propósito de deixar entrar uma pequena quantidade de luz. Respirando rápido, Hulda fechou os olhos para tirar a sua atenção do fato de que estava presa em um espaço pequeno. Mas, em vez de ajudar, isso a fez se sentir tão claustrofóbica que ela temia desmaiar. No entanto, ela sabia que, ao contrário dos outros presos, tudo que ela tinha que fazer era bater na porta para ser solta. Ofegante, à beira da histeria, ela aguentou o quanto pôde, antes de saltar e bater na porta. Quando seu colega não atendeu de imediato, ela ficou à beira de gritar, atirando-se contra a porta e batendo com toda sua força. Para sua salvação, naquele momento, misericordiosamente ele a abriu. Ela sentiu como se tivesse ficado trancada por horas, mas seu colega olhou para o relógio e disse: "Você aguentou apenas um minuto."

A claustrofobia não foi tão intensa agora, mas algo sobre esse encontro na sala de Áki acionou a memória.

Ela se levantou. "Foi bom conhecê-lo. Obrigada por concordar em me receber sem aviso prévio."

Áki levantou-se também. "O prazer foi meu, Hulda. Entre em contato se eu puder ajudar-lhe mais com suas perguntas." Ele estendeu a mão, e ela a apertou em sua despedida. "Claro, eu entrarei em contato se eu souber de alguma coisa", ela disse, sorrindo. "Embora raramente o negócio de atacado seja tão emocionante. Hulda — Hulda Hermannsdóttir, né?", ele disse, e desta vez não havia como confundir a ameaça subjacente às suas palavras.

X

O dia da viagem havia chegado. Ela ficou de lado, observando-o arrumar duas mochilas, uma delas para ela. "Eu preciso disso tudo mesmo?", ela perguntou quando percebeu que essa viagem seria muito mais difícil do que havia imaginado. Assentindo, ele disse a ela que não conseguiria ir longe com uma mochila mais leve. A mochila continha um saco de dormir que a manteria viva durante as noites congelantes, comida, cachecol grosso, um par de luvas que pareciam muito grandes para ela, um gorro de lã e uma garrafa vazia. Quando ela perguntou se poderia enchê-la com água, ele riu. Não se esqueça de que estamos na Islândia: há muita água limpa por aqui. Passaremos a noite em uma cabana na montanha, e a água do riacho é muito mais pura do que qualquer coisa que você possa ver saindo da torneira.

Justo quando ela pensou que não havia espaço para mais nada, ele adicionou uma tocha e algumas baterias e disse que era isso. Ela levantou sua mochila com dificuldade, ofegante com o peso e exclamando que era muita pesada. "Bobagem", ele disse. "Você não irá perceber quando ela estiver em suas costas. Você vai precisar desses, também..." Ele pegou um par de bastões de caminhada e amarrou-os por fora.

Depois de colocar as duas mochilas no carro, ele perguntou se ela sabia esquiar. Ela balançou a cabeça, procurando por uma luz no fim do túnel, uma possível saída. Ela disse que nunca havia esquiado e era muito tarde para começar. Talvez seja melhor eles não viajarem. Ele riu e disse que, de jeito nenhum, ele iria decepcioná-la. Então ele desapareceu e retornou com um par de esquis, dois bastões e uma corda grossa.

Ela, nervosa, perguntou se ele estava planejando esquiar sem ela.

Era uma precaução de segurança, ele explicou: se algo desse errado, ele poderia esquiar para buscar ajuda. Vendo os olhos dela na corda, ele acrescentou que era necessário caso o carro ficasse atolado.

"Você está achando que isso irá acontecer?", ela perguntou, com a respiração presa na garganta.

"Não, de jeito nenhum", ele a tranquilizou. E ela acreditou nele.

Ela subiu no banco do passageiro, e ele ligou a ignição, então, de repente pareceu lembrar de algo. Dizendo para ela aguardar um minuto, ele correu para dentro, deixando o carro ligado. Ela o observou pelo espelho e, quando ela o viu retornando, carregando dois machados, seu coração parou de bater. Ele os enfiou no porta-malas e voltou ao volante.

"Para que... machados?" Sua voz tremeu um pouco, embora tenha feito seu melhor para esconder que seu coração havia gelado com aquela visão.

"Machados de gelo — um de cada."

"Por que precisamos de machados de gelo?", ela perguntou. "Eu não quero correr nenhum risco: não estou acostumada a praticar esportes radicais."

"Não se preocupe, são apenas por precaução. É melhor estar preparado para qualquer eventualidade. Não será perigoso, apenas uma aventura."

Apenas uma aventura.

XI

Hulda tinha uma memória bem clara do dia em que Jón faleceu.

Ela estava trabalhando até tarde, como sempre fazia, investigando um ataque violento no centro de Reykjavík. Ela não estava oficialmente encarregada do caso, mas havia feito a maior parte da investigação. Incidentes como esse eram bastante frequentes nos finais de semana, quando os bares ficavam abertos até tarde. Ao fecharem, todos iam para as ruas, criando um clima de Carnaval toda sexta-feira e sábado à noite. Com tanta gente bêbada, em geral, a polícia tinha que interferir, e algumas vezes os casos eram sérios, levando a acusações formais.

Era uma quinta-feira, e Hulda passou a semana interrogando testemunhas e tentando estabelecer quem tinha atacado o jovem em questão, que ainda estava no hospital.

Era quase meia-noite quando ela voltou para sua casa em Álftanes.

Uma casa, não mais um lar.

O casal mal se falava.

Tudo na casa parecia frio e sombrio, desde as árvores lá de fora até o clima interno, os móveis, até mesmo a cama. Ela e Jón não mais compartilhavam um quarto.

Ela entrou e encontrou Jón deitado no chão da sala de estar, tão imóvel, tão morto.

Quando, no devido tempo, a ambulância chegou, os paramédicos, a princípio, fingiram que algo poderia ter sido feito, jogando frases sem sentindo na tentativa de confortá-la, mas claro que era tarde demais. Ele tinha falecido mais cedo naquele dia.

"Ele tinha um problema cardíaco", foi tudo que Hulda disse. Dois colegas da polícia chegaram na cena, dois rapazes. Ela conhecia os dois, embora não fossem amigos. Ela não tinha nenhum amigo na polícia. A detetive ficou ao lado de Jón na ambulância, a caminho do hospital.

Desde aquela noite, ela estava sozinha no mundo.

XII

Ela não sabia ao certo porque ele a havia convidado para essa viagem.

Na maioria das vezes, ele era bacana, embora houvesse uma intensidade dentro dele que a deixava um pouco incomodada. Ele havia lhe dito que eram amigos e que ela poderia contar com um amigo em um país estranho.

No entanto, ela tinha a sensação de que ele queria mais do que amizade; que ele nutria sentimentos mais fortes por ela, mas ela sabia que nada iria acontecer entre eles.

Ela quase recusou seu convite para viajar para fora da cidade, mas, por fim, decidiu abraçar essa chance de aproveitar um pouco a vida. Ela estava bastante confiante de que ele não daria o próximo passo; tentava se convencer que ele estava só fazendo um favor a ela.

Afinal, o que de pior poderia acontecer?

XIII

A mãe havia perdido o emprego, não que isso fosse alguma surpresa. Seu chefe tinha dúvidas com relação a ela ser mãe solteira desde o início, dizendo, sem rodeios que preferia empregar mulheres sem filhos: eram mais confiáveis e conseguiam manter o foco no trabalho.

Então, um dia, ele a informou de que não precisava se incomodar em voltar no dia seguinte. Ela protestou que tinha direito a um período de aviso prévio mais longo, mas ele contestou, negando que lhe devia a mais do que já lhe pagara. Os dias seguintes foram terríveis, pois suas preocupações provaram ser contagiosas, deixando sua filha ainda mais fragilizada do que já era. Ela calculou por quanto tempo conseguiriam sobreviver com sua pequena reserva de dinheiro, por quanto tempo teriam o suficiente para comer, quanto tempo levaria até serem expulsas do apartamento que estava alugando. As respostas não pareciam boas, não importa quantas vezes tenha feito as contas.

Foi aí que ela acabou engolindo seu orgulho e voltou para a casa dos pais, dessa vez com a neta deles a tiracolo. O casal de idosos se apaixonou pela criança assim que a viu, embora seu comportamento em relação à filha a princípio fosse frio. A garotinha cresceu sobretudo próxima ao avô, que lia e brincava com ela, mas era como se isso fizesse com que o frágil vínculo entre mãe e filha se desfizesse, pouco a pouco, até o terrível dia em que sua filha parou de chamá-la de mamãe.

XIV

Ainda estava bem cedo quando eles saíram. Assim que deixaram a cidade, o trânsito diminuiu até que, eventualmente, eles viraram em direção a uma estrada lateral que parecia ser pouco usada. Uma corrente com uma placa no meio tinha sido amarrada no caminho, como se quisessem bloquear a passagem de veículos.

Ela se virou para olhar para ele e perguntou se a estrada estava fechada.

Ele disse que sim e girou a roda, desviando e depois voltando para o outro lado da corrente.

"É seguro?", ela perguntou, nervosa. "É permitido transitar por ela se está fechada?"

Ele respondeu que ela não estava de fato fechada; o aviso estava ali apenas como um alerta de que a estrada era intransitável.

De novo, ela teve aquela sensação arrepiante de apreensão, de que tinha sido uma ideia ruim fazer essa viagem.

"Intransitável?" Ela olhou fixamente para o rosto dele.

"Não se preocupe", ele disse, dando um tapinha no volante e sorrindo para ela. "Dê uma chance para essa bebê mostrar o que consegue fazer."

Em contraste com o mundo invernal e sombrio lá fora, o carro estava aquecido, o aquecedor bombeando uma explosão constante de ar quente. Ela lembrou do carro de seus pais. O aquecedor nunca funcionou.

Ela olhou para a paisagem, para a vasta extensão sem árvores, encantada, mas com um pouco de medo. Além do estranho vislumbre de preto — rochas, talvez, ou tufos de grama —, tudo era tão branco, até onde o olhar alcançava. Uma fraca luz azul pairava sobre as montanhas; a beleza era abrangente. Era tão tranquilo, também. Embora não estivessem dirigindo por muito tempo, eles poderiam estar sozinhos no mundo. O isolamento era emocionante, mas, ao mesmo tempo, a assustava. A paisagem parecia um tanto cruel, implacável, em especial agora, no inverno; a natureza não se importava se você estava vivo ou morto. Seria aterrorizantemente fácil se perder aqui.

De súbito, ela foi arrancada de seus pensamentos, enquanto o carro derrapava na neve profunda e, por um momento terrível, ela achou que eles iriam sair da estrada e capotar. Coração acelerado, se preparando para o impacto. Porém seus medos se mostraram desnecessários, pois o carro se endireitou por si só.

O rádio estava emitindo um fluxo de palavras que ela não conseguia entender. Parecia um monótono relato de fatos.

No fim, ela se sentiu compelida a perguntar o que o locutor estava dizendo.

"É a previsão do tempo", seu companheiro respondeu.

"E qual é a previsão?"

"Não muito boa", ele disse. "Estão prevendo uma forte nevasca."

"Não deveríamos..." Ela hesitou, depois disse: "Não deveríamos voltar, então?"

"De jeito nenhum", ele respondeu. "O tempo ruim apenas deixará tudo mais emocionante."

XV

Quando seu telefone tocou, Hulda estava ao lado da barraca de cachorro-quente em Tryggvagata, comendo um lanche rápido no sol da tarde. Essa barraca em particular, foi um importante marco na culinária islandesa por décadas.

Muito antes do conceito de "pegar e levar" ser introduzido no país, esses cachorros-quentes haviam assumido o status de prato nacional. Um tempo depois, a barraca ganhou o selo de aprovação internacional, quando um ex-presidente dos Estados Unidos parou lá para comer um cachorro-quente durante sua visita.

Ela não conseguia parar de pensar sobre sua conversa com Áki, embora estivesse claro que ele não era nada parecido com a descrição do homem no 4x4 que, segundo Dóra, havia buscado Elena.

Uma pena, como teria sido útil estabelecer uma ligação entre ele e Elena e dar continuidade ao caso.

Ela tentou atender seu celular sem deixar cair seu cachorro-quente ou derramar coca-cola, mostarda, *katchup* ou *remoulade* em sua jaqueta, um ato de malabarismo que ela havia aperfeiçoado por meio da longa prática. Hulda vinha patrocinando essa *van* por anos. Sempre fora popular, mas, nos últimos tempos, a fila tinha crescido de maneira considerável, graças ao grande aumento do número de turistas. Uma multidão deles estava agora em volta da barraca, ou esperando para serem servidos ou lutando para comer seus próprios cachorros-quentes sem deixar pingar nada em suas roupas.

"Hulda — Albert Albertsson falando." A voz do advogado foi tão melíflua como sempre, inspirando confiança desde a primeira palavra, e, por um instante, Hulda deixou-se embalar, acreditando que ele tinha boas notícias para ela: certamente um homem com uma voz como aquela não poderia ser portador de más notícias.

"Oi, Albert."

"Como anda a... investigação?"

"Vai caminhando bem, obrigada."

"Ótimo. Eu pensei em ligar para você, pois encontrei alguns papéis relacionados a Elena. Estava no meu 'armário de arquivos' aqui de casa." Hulda pensou ter notado uma pitada de ironia quando Albert mencionou o "armário de arquivos" e, lembrando-se da bagunça de seu escritório, imaginou que ele encontrou esses papéis embaixo de alguma pilha. Mas eram boas notícias: documentos adicionais podem conter mais pistas, e ela poderia usar algumas delas agora.

"Excelente", ela disse.

"Tenho que ir para a prisão de Litla-Hraun amanhã pela manhã para atender um cliente, mas posso levar os documentos para o escritório à tarde. Você gostaria de dar uma passada lá então?"

Hulda pensou por um momento. "Não, eu vou passar aí e pegá-los agora, se não tiver problema. Você disse que está em casa, correto?"

"Sim, mas já estou de saída —, já estou atrasado, na verdade. No entanto, se você está com tanta pressa, suponho que meu irmão possa entregar a papelada a você. Ele mora comigo. Deixarei o envelope com ele."

"Ótimo. Onde você mora?"

Ele deu a ela seu endereço e, mais uma vez, perguntou como a investigação estava progredindo e se ela realmente acreditava que Elena tinha sido assassinada.

"Estou convencida", Hulda lhe disse e desligou.

A noite ainda estava começando. Apoderar-se dos papéis não era tão urgente quanto ela o levou a crer, no entanto ela sentiu uma necessidade desesperada de se manter ocupada. Qualquer coisa era melhor do que ir para casa sozinha e tentar dormir em vão, sabendo que ela estava um dia mais perto da aposentadoria, um dia mais perto do doloroso vazio da inatividade forçada que era tudo o que esperava por ela.

XVI

De repente, ela estremeceu, apesar do calor do carro. Por instinto, ela sentiu que não deveria estar ali, que tinha cometido um erro ao ir.

Nada de concreto havia acontecido para desencadear esse sentimento, ainda sim encontrou-se respirando anormalmente rápido. Talvez fosse o vazio desumano, a vastidão da paisagem, o vazio obliterante da neve...

"Você gosta de morar aqui?", ela perguntou, para conter a incipiente sensação de pânico.

"Claro", ele respondeu. "Ou, pelo menos, acho que gosto. Embora tenha dito isso, o clima pode ser um pouco complicado e não temos muitos dias de verão, mas eu meio que gosto do frio, da neve. Talvez você consiga entender isso, sendo russa?"

Ela apenas assentiu.

"Acho que você aprenderá a gostar daqui", ele acrescentou, com uma voz amigável.

Ele estava sendo gentil com ela, ela não deveria ter medo dele.

Claro, na realidade, ela estava assustada com seu próprio futuro, em obter permissão para ficar na Islândia e o que aconteceria se ela não conseguisse.

Ela tentou relaxar, respirar de modo normal. Ela poderia se preocupar com o futuro amanhã, hoje ela estava determinada a aproveitar a viagem. Tudo ficaria bem.

XVII

Era final de verão, depois de mais de um ano do falecimento de Jón.

Hulda estava de pé no topo de Esja, a grande montanha de cume achatado que se erguia no lado norte da baía de Faxaflói de Reykjavík. Não foi uma caminhada muito difícil — ela estava acostumada a escaladas mais desafiadoras nas terras altas —, mas era uma que ela sempre gostou. Era perto o suficiente da cidade, a ponto de você poder ir até lá após o trabalho, nas noites longas e claras de primavera e verão, e a rápida subida para o topo da montanha levava bem menos de uma hora.

Ela se sentiu um pouco mal o dia inteiro no trabalho e decidiu escalar a montanha sozinha. Claro, havia outros caminhantes lá em cima, porém ela estava em seu próprio mundo, respirando o ar puro da montanha e apreciando as vistas incríveis do que parecia ser todo o lado sudoeste da Islândia, da expansão urbana de Reykjavík, passando pela baía, até a península de Reykjanes e, mais ao sul, uma grande área montanhosa desabitada e calotas de gelo para o leste.

Estava ficando tarde, e ela sabia que tinha que começar a descer logo, contudo queria adiar o momento o máximo possível. Aqui ela se sentia bem; aqui, ela podia quase esquecer de tudo. Quase.

Ela sabia, no entanto, que quando chegasse em casa e adormecesse, os pesadelos chegariam novamente, e ela seria atormentada, como sempre, pela mesma pergunta: Eu deveria ter conhecido?

XVIII

No espelho retrovisor, ela pegou um ar de sol do início da noite — ou talvez ainda fosse o sol da tarde, espreitando pelas nuvens. A noite chegava cedo à Islândia nessa época do ano, embora eles ainda tivessem um pequeno intervalo antes de a escuridão chegar.

A neve que cobria a estrada foi ficando cada vez mais profunda, até que, finalmente, o momento que ela temia chegou: o carro ficou encalhado, rodas girando, motor gritando. Ele desligou a ignição, dizendo-lhe para não se preocupar; ela deveria aproveitar a chance de sair do carro e esticar as pernas. Foi um alívio escapar da atmosfera superaquecida e abafada e encher seus pulmões com o ar puro e gelado das montanhas. Ainda bem que ele lhe deu roupas adequadas às baixas temperaturas, então o frio intenso passou a ser revigorante em vez de doloroso.

Ela deu alguns passos hesitantes para frente e para trás, permanecendo perto do carro, hesitante a princípio em sair da estrada, por medo de como o terreno poderia ser por baixo da superfície lisa e branca. Vendo isso, ele sorriu para ela e gesticulou para indicar que era bastante seguro. A neve amassada e os rastros que ela deixou para trás foram os únicos que estragaram a sua perfeição; a neve era dela e só dela. O mais longe que os olhos podiam enxergar, não havia nenhum outro sinal de humanos, apenas a paisagem vazia que se estendia até o horizonte. Eles estavam sozinhos ali. Mas sua apreensão inicial havia passado. O que poderia acontecer de pior?

Ela observou enquanto ele soltava um pouco de ar dos pneus para baixar a pressão e aumentar sua área de superfície, então voltou ao banco do motorista e começou a remover o 4x4, centímetro por centímetro, até que, finalmente, ele desencalhou. Quase no mesmo momento, os primeiros flocos de neve, leves como uma pena, começaram a descer e pousar, delicados, nas mangas de seu casaco.

XIX

No dia em que o avô da menina tocou no assunto pela primeira vez, Reykjavík estava se aquecendo sob um sol incomum.

A mãe estava de pé em um local coberto no quintal atrás da casa, observando sua filha brincar. A menina ficava linda à luz do sol, alegremente focada em sua brincadeira. Talvez fosse injusto descrevê-la como uma criança infeliz, porém era raro que parecesse feliz assim.

A proposta nocauteou a mãe, ainda mais vinda de seu pai, que, dentre todas as pessoas, formou uma relação tão próxima com sua neta. Pela sua voz, ela pensou que, talvez, não era assim que pensava de verdade, que ele estava apenas ecoando os sentimentos da avó da menina, que tinha demonstrado nada além de desaprovação desde o início. Ela não deixou dúvida sobre sua opinião de que não era desejável que ninguém desse à luz um bastardo, por mais cativante que a criança se tornasse. Isso trouxe vergonha a toda família — não apenas à mãe, mas aos avós também.

Enquanto eles estavam naquele lugar ensolarado no quintal, o avô tentou sugerir que a menina fosse apadrinhada, talvez até mesmo adotada. Ele conhecia um casal do lado leste que estava disposto a dar-lhe tudo que fosse necessário, garantindo-lhe uma vida muito melhor do que ela poderia esperar aqui em Reykjavík. Boa gente, ele disse, entretanto, sua voz não tinha convicção. Talvez eles não fossem bons, ou talvez a ideia por si só não era boa. No entanto, sua filha escutou, ciente de quão difícil seria para ela dizer não ao homem que tinha lhes dado um teto para morar. Ela não conseguia sustentar a si própria e nem a filha sozinha; ela falhou na primeira tentativa e precisava de mais tempo para economizar antes que pudesse voltar a tentar.

Enquanto as lágrimas brotavam de seus olhos, ela prometeu pensar nisso.

XX

A casa do advogado no arborizado subúrbio de Grafarvogur fez Hulda lembrar um pouco de sua casa em Álftnes.

Embora o bairro fosse muito diferente em caráter, havia algo na casa que desencadeou um ímpeto de nostalgia — o ar acolhedor do Velho Mundo, talvez. Não que fosse preciso muito para atiçá-la no momento. Desde que recebeu o aviso de sua demissão, seus pensamentos voltavam ao passado com uma frequência incomum. Seu início de relacionamento com Pétur também tinha agitado as coisas, tornando-a inquietantemente consciente de tudo o que ela ainda não havia dito a ele.

Ela tocou a campainha e aguardou.

Embora o homem que atendeu a porta fosse uma figura muito mais baixa e atarracada que Albert, a semelhança familiar era inconfundível. Ele parecia ser bem mais velho que seu irmão, talvez até uma década, Hulda achou, e muito mais rechonchudo na cintura.

"Você deve ser Hulda", o irmão disse, sorrindo, com seu suave tom de voz de locutor de rádio revelando, também, seu parentesco com Albert.

"Isso mesmo."

"Entre." Ele a levou para uma sala de estar cheia de móveis bregas, a maioria deles fora de moda para o olhar reconhecidamente limitado de Hulda para essas coisas. Tomando o lugar de destaque estava um aparelho de televisão velho e quadrado com uma poltrona reclinável grande, de aparência muito confortável em frente a ele.

"Sou Baldur Albertsson, irmão de Albert."

Albert e Baldur: era notório que seus pais não folhearam muito o livro de nome de bebês antes de nomeá-los, Hulda pensou. No momento seguinte, ela foi atingida por um fato que ela deveria ter notado logo de cara: o irmão de Albert batia direitinho com a descrição que Dóra havia dado do homem do 4x4 — baixo e gordo. Ela recuperou o fôlego, ao mesmo tempo dizendo a si mesma para se controlar. Qual era a probabilidade de o irmão do advogado ser o homem que ela procurava? É certo que ele tinha uma ligação com o caso, mas apenas indiretamente. E, de qualquer forma, a vaga descrição de Dóra poderia ser atribuída a qualquer pessoa. Ainda assim, não faria mal usar essa oportunidade para fazer um punhado de perguntas ao homem. Ela brincou com a ideia de perguntar-lhe cara a cara se alguma vez ele já foi buscar Elena no albergue, porém algo lhe disse que isso seria precipitar-se. Melhor deixar Dóra identificá-lo primeiro, depois colocá-lo em cena.

Lembrando quão nervosa se sentiu na casa de Áki, Hulda transparecia o oposto agora. Apesar de suas suspeitas, Baldur Albertsson continuou a parecer uma pessoa afável e não ameaçadora.

"Acho que Albert não está", ela disse, na tentativa de uma conversa fiada.

"Não, ele está em uma reunião. Sempre para cá e para lá."

"Você é advogado também?"

Baldur deu uma risada educada. Já tinha uma resposta ensaiada. Sem dúvida sempre perguntavam isso a ele. "Não, não, de jeito nenhum. Essa é a área de Albert — o primeiro e único advogado da família. Eu... estou sem emprego no momento."

"Entendo", disse Hulda, e aguardou, sabendo por experiência própria que perguntas diretas, muitas vezes eram desnecessárias.

"Albert, generosamente, me deixa ficar com ele", Baldur elaborou. Então, após uma pequena pausa, se corrigiu: "Ficar é a palavra errada: eu moro aqui há dois anos, desde que perdi meu emprego. Essa era a casa de nossos pais, mas Albert a comprou quando eles foram morar em um lugar menor."

Hulda levou um momento para responder a isso, tentando pensar em uma resposta diplomática. "Parece ser um bom negócio... considerando que vocês se deem bem."

"Ah, sim, nunca tivemos problemas." Mudando de assunto, ele perguntou: "Você gostaria de tomar um café?"

Hulda concordou. Ela não queria perder a oportunidade de conhecer um pouco melhor esse homem, mesmo se houvesse uma hipótese de ele estar envolvido no caso. De qualquer maneira, ele dava a impressão de precisar mais da companhia do que da cafeína.

Houve um grande intervalo antes de ele voltar com o café, que, no final das contas, estava horroroso. Não importa, ele providenciou a desculpa perfeita para um bate-papo mais prolongado.

Enquanto estava esperando, Hulda usou o tempo para caçar pela sala uma foto de Baldur. Ela precisava de uma para mostrar para Dóra e tinha pensado em usar a câmera de seu telefone para fotografar qualquer foto que encontrasse, embora a qualidade não fosse muito boa, dado o estado desgastado de seu celular. Para sua frustração, não havia nenhuma. Ela se perguntou se poderia, de maneira furtiva, tirar uma foto dele sem despertar suspeitas, mas sabia que isso estava além de sua agilidade. Ela se atrapalhava toda com seu celular e, para tirar uma foto, era necessário apertar muitos botões.

  Sentaram-se cada um em uma ponta de uma grande mesa de jantar, e Hulda refletiu sobre quanto ela preferia passar esse tempo com Pétur. Então, pensou que, talvez, não fosse tarde demais: não havia distinção real entre dia e noite nessa época do ano; a noite não era nada mais do que um estado de espírito. Pensar em Pétur trouxe consigo a percepção de que talvez ela tivesse trabalhado demais, ela poderia ter assunto suficiente para noites ilimitadas de folga, sem distrações diretas ou indiretas, sobre seu trabalho. Ela costumava levar trabalho para casa, mesmo quando não havia necessidade. Sua mente estava sempre sobrecarregada. Ela não tinha sido capaz de se afastar de seus casos, de se desligar por completo. Jón costumava reclamar disso, porém esse era seu jeito de ser. Simples assim.

  "Café delicioso", ela mentiu. "Só posso ficar por mais um minutinho. Tenho outro lugar para ir." Ela tomou um gole.

  "Eu tentei uma vez", Baldur comentou. "Digo, entrar na polícia. Não deu certo." Ele deu um tapinha em sua barriga impressionante. "Nunca estive em boa forma, e agora é tarde para fazer qualquer coisa a respeito. Albert sempre foi o magrelo."

Não havia sinal de ressentimento nas palavras de Baldur, mesmo essa sendo a segunda vez que ele elogiava seu irmão à própria custa: antes, ele havia mencionado que Albert tinha sido o primeiro da família a conseguir um diploma de advogado. Sua admiração pelo irmão parecia ser genuína, livre de qualquer inveja.

"Ele é mais velho ou mais novo que você?", Hulda perguntou, com cuidado, embora a resposta fosse óbvia.

"Ele é dez anos mais jovem, como você pode ver." Acrescentando depois — "uma feliz surpresa para nossos pais".

"Ele lida muito com esse tipo de caso?"

"Quais?"

"Representação de requerentes de abrigo?"

"Sim, acho que sim. Para ele, os direitos humanos são mais importantes do que o dinheiro."

"Por presunção, no entanto, ele é pago."

"Sim, claro, mas ele está nisso sobretudo pelas pessoas. Ele quer ajudar."

"O que você faz?" Hulda arriscou um terceiro gole de café, no entanto estava tão amargo que ela, discretamente, afastou a xícara.

"Faço?"

"No que trabalhava. Antes de se mudar para cá. Antes de perder seu emprego."

Nesse momento, o telefone de Hulda interrompeu a conversa com um toque barulhento, vibrando na mesa ao lado de sua xícara. Sem que Baldur notasse, ela suspirou quando viu que era Magnús, a última pessoa com a qual queria falar agora. Por um momento, ela hesitou em atender, depois decidiu que isso poderia esperar. Sem saber como desligar o volume no meio da ligação, ou se isso era possível, ela cancelou a chamada, aproveitando a oportunidade para ligar a câmera. Foi preciso um pouco de jeito, mas ela esperava que Baldur não percebesse. Ela apertou "Capturar", e o clique resultante parecia ecoar na sala. Lançando um olhar de desculpas para seu companheiro, ela disse: "Desculpe, não levo jeito com isso. Estava tentando colocar no mudo."

"Entendo o que quer dizer. Não sou muito habilidoso com o meu também", Baldur disse, parecendo indiferente ao fato de ter sua foto capturada, se é que ele percebeu que era isso que ela tinha feito.

"Eu trabalhei como zelador por vários anos", ele continuou respondendo à sua pergunta anterior, "mas eles estavam se livrando das pessoas, e eu fui um dos primeiros que eles mandaram embora. Além disso, eu troquei muito de emprego, nunca permaneci por muito tempo em um. Eu costumava trabalhar para comerciantes. Minha especialidade era trabalhar com as mãos, sabe, esse tipo de coisa".

Hulda tinha que admitir para si mesma que não conseguia imaginar Baldur no papel de assassino; ele parecia ser o tipo que não faria mal a uma mosca. E como as aparências poderiam ser enganosas, ela se considerava uma boa juíza de caráter depois de tantos anos na polícia, lidando com todo tipo de pessoas, tanto dentro como fora da lei. No entanto, seu julgamento não era infalível. Fato que a decepcionou muito em um caso... E que tinha sido seu maior erro, mudando sua vida para sempre.

E mesmo que ela estivesse certa de que Baldur seria incapaz de assassinar uma mulher a sangue frio, ainda havia uma chance de que ele pudesse estar envolvido na morte de Elena. Por tudo que Hulda já sabia, ele poderia, em algum momento do passado, ter aceitado a oferta de um trabalho desonesto, porém bem remunerado, e se juntado à turma errada como resultado.

"Seu irmão deixou uns papéis para mim", ela o lembrou com educação.

Baldur se desapontou. Estava claro que ele estava esperando que ela ficaria um pouco mais para uma conversa com café ruim.

"Sim." Ele levantou-se e saiu da sala, retornando quase imediatamente com um envelope pardo. "Aqui estão. Eu não sei do que se trata, mas espero que sirva de alguma coisa. Albert deveria saber de algo, como ex-policial."

Hulda resistiu à tentação de corrigi-lo: Albert nunca tinha sido um policial; ele apenas trabalhou para a polícia como advogado. "Humm", ela disse sem se comprometer, então empurrou sua cadeira para trás, levantou-se e verificou seu relógio, sugerindo que tinha que ir.

"Você trabalhou com ele?", Baldur perguntou, em uma tentativa transparente de prolongar um pouco mais a conversa.

"Não diretamente, contudo lembro-me dele. Ele tinha uma boa reputação", ela disse, apesar de não fazer ideia se era verdade.

Baldur sorriu: "É bom saber disso."

Ele parecia uma alma tão genuína e amigável. Mesmo com esse breve contato, Hulda achou difícil de acreditar que ele pudesse estar ligado ao caso; caberia a Dóra resolver a questão.

Hulda se despediu, se obrigando a esperar até estar lá fora antes de abrir o envelope, embora estivesse tão consumida pela curiosidade que gostaria de tê-lo rasgado e aberto ali mesmo.

Então foi uma grande decepção descobrir que os papéis — uma olhada rápida revelou dez páginas — estavam todos em russo. Ela os folheou várias vezes na esperança de encontrar algo que pudesse entender, olhou linha por linha do texto, mas não obteve sucesso. Alguns foram escritos à mão, outros eram papéis impressos do computador, o resto eram documentos oficiais, só que não fazia ideia do que se tratava.

Pegando seu telefone, pensou em ligar para um tradutor registrado pelo estado, mas ela poderia deixar isso para o dia seguinte. Em vez disso, ela dirigiria até Njardvík e mostraria a Dóra a foto de Baldur.

Não, os documentos tinham prioridade. Hulda estava prestes a ligar para fazer uma reserva com um tradutor de russo quando seu telefone tocou indicando que uma mensagem havia chegado. Era de Magnús. Droga, ela ainda precisava ligar de volta para ele. A mensagem dizia: "Encontre-me no escritório agora!", o ponto de exclamação deixou bem clara a sua intenção. Seu coração deu um pulo. Ela nunca teve muito tempo para Magnús, especialmente nas atuais circunstâncias, e não achava que podia falar mal dele com seus colegas, mesmo confiante de que sentiam o mesmo. E ela perdeu a conta das inúmeras vezes que o xingou baixinho por sua incompetência como gerente. Não obstante, mesmo com tudo dito e feito, ele ainda era seu chefe, e sua mensagem causou o efeito pretendido. Afastando em caráter provisório qualquer ideia de traduzir os documentos ou visitar Dóra, ela obedeceu à sua ordem. Estava sendo convocada para uma repreensão, isso estava bem claro; uma experiência nova para ela.

XXI

A neve havia parado após aquela primeira tempestade, mas o céu estava cor de chumbo, com nuvens prometendo mais por vir.

Repentinamente, sem nenhum aviso, ele fez uma curva acentuada deixando a estrada e entrando no país, em direção a algumas montanhas distantes. Ela se encolheu e se segurou, agarrando na maçaneta da porta. "Isso é uma estrada?", ela perguntou, alarmada.

Ele balançou a cabeça. "Não", ele disse, "estamos andando sobre a crosta de neve. Aqui é que a diversão começa de verdade". Ele sorriu, como se quisesse enfatizar que estava sendo engraçado.

Depois de ficar em silêncio por um tempo, aventurou-se a perguntar se havia qualquer risco de danificar o terreno. Era permitido fazer isso? Algo sobre a paisagem intocada atiçou-lhe a sensação de que parecia que eles estavam dirigindo sobre um deserto desabitado, onde nenhum ser humano tinha pisado antes; como se não tivessem o direito de estar lá.

"Não seja boba", ele retrucou. "Claro que é permitido."

Ela ficou um pouco surpresa com seu tom de voz, sem saber como reagir, mas ela não o conhecia muito bem. Seria possível que ele tivesse um lado sombrio, espreitando sob aquele exterior amigável?

Ela tentou ignorar sua sensação de inquietação.

"Quer dar uma volta?", ele perguntou de repente.

"O quê?", ela disse.

"Quer dar uma volta?", ele repetiu. "No volante?"

"Não posso. Nunca dirigi um 4X4 e nunca dirigi um *off-road* como esse, na neve tão profunda."

"Não seja boba, tente", ele disse, sorrindo, como se tudo isso fosse apenas uma brincadeira amigável.

Ela balançou a cabeça em dúvida.

Sua resposta foi frear e desligar o motor, no meio do nada, a estrada e as montanhas lá atrás, seu aparente local de destino, ainda mais adiante.

"Você assume daqui", ele disse com delicadeza, e, sem mais delongas, desceu do carro, deu a volta e abriu a porta do passageiro. "É brincadeira de criança. Nada demais. Eu lhe prometi uma aventura, lembra?"

Ela desceu de seu banco nervosa, caminhou com cuidado sobre a neve profunda para o lado do motorista e se posicionou atrás do volante. Por sorte, o 4x4 era manual e ela estava acostumada com carros manuais, então ela deu a partida, colocou o carro em primeira marcha e partiu rastejando, lentamente abrindo caminho através da neve.

"Você pode ir mais rápido que isso", ele provocou, e ela mudou para a segunda marcha com cautela, apertando o pé no acelerador com um pouco mais de firmeza.

"Por ali, para sua direita; o caminho está melhor por lá", ele orientou, olhando para a imagem confusa do navegador de satélite fixado no interior do para-brisa. "Agora, mais rápido! Precisamos evitar esses tufos de grama."

Ela fez uma curva fechada para a direita. As condições deixaram pouca margem para erro e, por um momento, ela teve medo de não fazer a curva e capotar. Seu coração estava martelando contra sua caixa toráxica, mas o carro deu a volta em segurança.

"É um pesadelo terrível ficar preso em um caminho cheio de tufos de grama", ele explicou, então olhou para o navegador de satélite outra vez. "Agora você está atravessando um rio", ele disse e riu.

"Atravessando um rio? Sério? Há um rio embaixo de nós?" Seu coração começou a bater forte mais uma vez.

"Claro, há água por todo lado, abaixo do gelo."

"Você tem certeza de que é seguro?"

"Bem..." Ele fez uma pausa dramática. "Apenas temos que torcer para que o gelo não ceda agora."

Ela agarrou o volante de maneira involuntária, e sua risada debochada não conseguiu acalmar seus medos.

XXII

A fazenda estava situada na encosta de uma montanha, em um distrito pouco povoado, não muito longe das vastas areias planas que se estendiam entre a calota de gelo de Vatnajökull e o mar. Do quintal, onde a mãe estava segurando a filha pela mão, havia uma vista de tirar o fôlego composta por montanhas, geleiras, planícies arenosas e mar. Ela nunca tinha visitado o remoto sudoeste do país antes e, embora ela não pudesse negar a magnificência da paisagem, não era por isso que ela estava ali. Ela veio se despedir da filha: entregar-lhe para adoção, deixá-la na mão de estranhos neste local isolado.

Apesar de seus valentes esforços para conter as lágrimas, seu pai, evidentemente, tinha sentido sua relutância. Ele fez questão de elogiar a generosidade do casal e enfatizar quão saudável seria para a menina crescer no campo, cercada pela natureza e ar puro do mar. A criança logo se adaptaria, ele assegurou-lhe: ela já passou por uma grande mudança em sua vida, e, embora fosse injusto esperar que ela passasse por outra tão cedo, seria melhor acabar logo com isso. Afinal, quais perspectivas ela teria na cidade? Nenhum deles tinha dinheiro, e tudo que lhes restava era a sina inexorável de trabalhar duro e lutar para colocar comida na mesa. Esse tipo de vida era difícil para as crianças, e sua neta merecia mais. Um detalhe que não foi conversado entre pai e filha foi o fato de que o casal do leste se ofereceu para compensar a família por seus gastos, e que essa compensação era desproporcional em relação ao custo que tinham incorrido na educação da criança. Embora nenhum dos dois tivesse colocado isso em palavras, eles sabiam que, na verdade, estavam vendendo a garotinha por uma soma tão considerável que faria uma diferença real em suas vidas. Dinheiro sujo, era isso.

A mãe da garota já tinha decidido não tocar em um centavo dele. Seu pai poderia fazer o que lhe bem entendesse; usar para pagar suas dívidas se quisesse. Mas, por mais que ela odiasse reconhecer, a verdade era que ela também receberia, direta ou indiretamente, enquanto vivesse com seus pais.

Ela ficou para trás, segurando a mão de sua filha, enquanto seu pai caminhou devagar até a casa. Os proprietários deviam estar cientes de que eles chegaram: não havia mais ninguém ao redor.

Ela notou que sua filha estava tremendo: talvez fosse o vento gelado que descia das montanhas apesar do tempo bom. Ou talvez a garotinha pudesse sentir que algo terrível, algo importante, estava prestes a acontecer.

Como fui me deixar levar a isso? Era tudo em que a mãe podia pensar enquanto via seu pai andando em direção à porta da frente.

Pegando a garotinha em seus braços, ela a abraçou forte, tentando fazê-la parar de tremer. Foi uma longa viagem de avião e de estrada para chegar até lá. Um jovem rapaz, ao que tudo indicava, um dos lavradores, os havia buscado no aeroporto. Ele ainda estava sentado no carro, sem dúvida sob ordens de não se intrometer na delicada reunião que estava prestes a acontecer.

A porta se abriu revelando um homem no final da meia-idade, que os cumprimentou calorosamente. E agora não daria mais para voltar atrás. Lágrimas escorriam pelo rosto da mãe da garotinha. A garotinha, vendo isso, começou a choramingar também. Os dois homens, que eram velhos amigos, olharam para elas e continuaram a conversa. Mãe e filha eram meros extras, apenas encenando um papel limitado no grande esquema. Que irônico que a avó da menina, a força motriz por trás dessa decisão, não tenha sido capaz de ter vindo com eles e enfrentar a situação.

A mãe sentiu quão rápido seu abraço acalmou a garotinha e seus tremores. Isso a fez sentir-se a verdadeira mãe da menina, não apenas a mulher atrás do vidro, e ela esperava, mesmo contra todas as possibilidades, que a garotinha sentisse o mesmo por ela.

Um grito. Seu pai as estava chamando, dizendo-lhes para entrar. Ela se recusou, todas as suas dúvidas vieram à tona. Depois de dar alguns passos vacilantes em direção a casa, ela parou de repente. O casal estava parado na porta agora, com sorrisos, atribuindo gentileza, mas a bondade deles não lhe parecia genuína. Era como se estivessem apenas sorrindo para conquistá-la.

E de repente ela decidiu: ela não iria pisar naquela casa, não deixaria a pequena Hulda com eles.

"Estou indo para casa", ela disse, com uma voz clara cuja firmeza o surpreendeu. Seu pai a encarou sem dizer uma palavra. "Estou indo para casa", ela repetiu, "e Hulda vem comigo".

Ele se aproximou sorrindo e colocou os braços em volta delas, dizendo: "Justo, é sua escolha."

Ela apertou sua garotinha com força, jurando nunca mais deixá-la.

XXIII

Hulda ficou sentada em seu carro, do lado de fora da delegacia, por vários minutos, incapaz de reunir forças para entrar, temendo o encontro com Magnús. Não que se arrependesse de alguma coisa. Tinha sido a decisão certa analisar a morte de Elena com mais cuidado e ela não tinha a intenção de abandonar sua investigação sem lutar. A visita a Áki tinha sido necessária, embora, avaliando em retrospectiva, talvez ela devesse ter tido menos pressa e ter coletado mais informações antes. Mas isso foi culpa do prazo apertado que impôs a si própria para resolver o caso.

Quase sem pensar, ela descobriu que tinha pegado seu telefone e discado o número de Pétur. Ele atendeu imediatamente.

"Hulda", ele disse com alegria. "Eu estava esperando você me ligar." Ele parecia estar em constante bom humor, sempre positivo e de bem com a vida. Sim, ela de fato gostava dele, como não poderia?

"Ah?", ela disse, arrependendo-se dessa resposta curta em seguida, motivada pela surpresa com que ele acabara de dizer, e não com a intenção de ser rude.

"Sim, eu pensei que pudéssemos nos encontrar novamente nessa tarde. Eu iria me oferecer para cozinhar um jantar para você na minha casa."

"Isso seria adorável", Hulda respondeu, enganada por um momento pela luz da noite, fazendo-lhe esquecer que já tinha passado da hora do jantar. "Quero dizer... isso seria ótimo."

"Então vamos fazer isso. Posso cozinhar para você agora. Tenho todos os ingredientes, inclusive uma bela paleta de cordeiro — já posso colocá-la na churrasqueira enquanto aguardo." Com uma reflexão tardia, ele acrescentou: "A não ser que você já tenha comido?"

"O quê? Não, não, na verdade, ainda não." O cachorro-quente não contou. "Eu, ãhhh, estou ansiosa por isso." Ela percebeu que estava com falta de ar, estressada com a conversa iminente com Magnús, e torcendo para que Pétur não notasse e começasse a fazer perguntas embaraçosas.

Ela reconheceu para si mesma que se sentiu radiante com o pensamento de visitá-lo. Precisava com urgência conversar com alguém: sobre Elena e o caso, sobre desistir do trabalho. E também havia outras coisas que precisava lhe contar.

"Ótimo. Você já está vindo? Quanto tempo vai demorar?"

"Preciso passar no escritório primeiro. Não vai demorar." Pelo menos, ela esperava que não fosse demorar.

O corredor que levava ao escritório de Magnús nunca pareceu tão longo. Sua porta estava aberta e, assim que ela levantou a mão para bater no vidro e alertá-lo de sua presença, ele olhou para cima. Suas sobrancelhas estavam unidas e sua testa franzida, e ela viu imediatamente que o encontro deles seria difícil. Ela tinha uma sensação desconfortável de que era apenas por causa dela que ele viera trabalhar naquela linda noite de primavera. O que ela tinha feito de errado? Ela deveria ter obtido uma permissão para reabrir o caso? Ou Áki havia reclamado dela? Ela podia imaginar um homem como ele tendo amigos influentes em altos escalões.

"Sente-se", Magnús gritou.

Em outros tempos, ela teria ficado ofendida com o tom dele, mas, desta vez, ela estava tão ansiosa que humildemente se jogou no assento em frente a ele e esperou. Ainda não tinha aberto a boca.

"Você fez uma visita a Áki Ákason mais cedo nesta tarde?"

Ela admitiu. Não adiantaria tentar negar.

"Pelas barbas do profeta, em que estava pensando?" A irritação de Magnús parecia ter se transformado em raiva.

Hulda estremeceu. Ela estava pronta para receber uma bronca, porém não para ele explodir dessa maneira.

"O que quer dizer? Eu... eu estava atuando em um..."

Ele a interrompeu: "Isso, desembucha, explique-se. Eu não quero ter que demiti-la a pouco tempo de se aposentar."

Hulda se recompôs. "Eu recebi uma informação de que ele estava envolvido em tráfico ou em um esquema de prostituição, algo do tipo."

"E de onde veio essa informação?"

Hulda não sonharia envolver Karen nisso. "Uma fonte, não posso revelar seu nome, mas eu... eu tenho confiança nela."

A Karen lhe deu informações falsas? Ela visitou um cara honesto e o acusou de participar do crime organizado? Isso seria um grande erro.

"E por que, posso saber, você se encarregou de investigar uma quadrilha de tráfico?" Magnús perguntou, com uma voz cheia de desprezo.

"Você me disse para escolher um caso."

"Escolher um caso?", Magnús repetiu, intrigado.

"Sim, para trabalhar até eu me aposentar."

"Ah, entendo, entretanto... nem por um minuto eu achei que você me levaria a sério. Foi apenas uma sugestão casual. Eu achei que você iria para casa descansar, jogaria uma partida de golfe, ou o que quer que faça para se divertir."

"Eu faço caminhadas nas montanhas."

"Bem, então, eu achei que você iria caminhar nas montanhas ou qualquer coisa do tipo. Que diabos acha que está fazendo, investigando um caso sem me comunicar?"

"Tive a impressão de que tinha sua permissão." Sua voz estava mais firme, seu batimento cardíaco diminuiu; ela estava se armando.

"E qual é o caso, então?"

"A mulher russa que morreu: a que foi encontrada em Vatnsleysuströnd."

"Sei. O caso de Alexander, não é? Ele foi solucionado há muito tempo."

"Não tenho tanta certeza a respeito disso. A investigação dele foi uma desgraça."

"O que você está dizendo?", Magnús perguntou de supetão.

"Ora, Magnús. Você sabe tão bem quanto eu que os métodos de Alexander são errôneos, na melhor das hipóteses." Hulda estava um pouco surpresa com sua própria coragem. Era uma coisa que sempre quis falar, mas nunca ousou. Agora, contudo, não tinha nada a perder.

Magnús não respondeu na hora, então de forma casual, admitiu: "Talvez ele não seja nosso melhor detetive..."

"Deixa para lá. Você apenas terá que confiar em mim. Eu acredito que tem coisa aí, algo que negligenciamos. Se ela foi assassinada, é nosso dever descobrir."

"Não... não... caso encerrado", Magnús disse, não obstante ela pôde sentir um ar de dúvida na voz dele.

"Você não pode apenas me demitir. Devo ter alguns direitos após todos esses anos."

Ele ficou em silêncio por um momento, então perguntou de súbito: "Onde Áki entra nessa história?"

"Há uma chance de a garota russa ter sido trazida para o país para trabalhar na indústria do sexo. Desculpe-me se me deram informações erradas: eu não queria incomodar um homem inocente."

"Homem inocente?", Magnús riu, embora parecesse não estar atento à conversa. "Ele é culpado até o pescoço. Esse é o maldito problema."

"O que você quer dizer?"

"Ele administra uma grande empresa de tráfico sexual."

"Então não foi ele quem reclamou de mim?"

"Você está louca? Não, nós não ouvimos um pio dele. Não, você acabou de colocar em risco meses de trabalho duro. Nós estamos mantendo-o sob vigilância e, até onde sabemos, ele não fazia a menor ideia até essa noite — tudo graças a você."

Hulda ficou horrorizada. "Quer dizer que eu...?"

"Sim, você... Nosso pessoal estava monitorando as instalações e viu você entrar, mas já era tarde demais: o estrago havia sido feito. Não há como saber o que ele está fazendo agora — alertando seus cúmplices, destruindo evidências... A equipe está realizando uma reunião de crise enquanto estamos conversando, tentando decidir se ignoram as perdas e o prendem agora. O problema é que eles precisam de mais tempo para coletar evidências contra ele. Que terrível confusão. E você será culpada por isso. O que significa que serei punido."

"Eu não sei o que dizer. Simplesmente não tinha a menor ideia."

"Claro que você não tinha a menor ideia, porra! Porque você não se deu o trabalho de checar primeiro. Sempre o mesmo erro — não consegue colaborar." Magnús deu um soco na mesa. "Sempre a mesma história."

Hulda se ressentiu com isso: "Nem sempre tive escolha, você sabe. Você e seus colegas não tinham toda essa necessidade em 'colaborar' ao longo dos anos. Algumas vezes fui obrigada a trabalhar sozinha porque ninguém estava disposto a trabalhar comigo. Vocês rapazes formam uma panelinha da qual não faço parte. Oh, não estou reclamando — é muito tarde para isso e, de qualquer forma, não é meu estilo —, só quero que saiba como tem sido, antes que a próxima mulher tenha que passar pela mesma porcaria."

Magnús pareceu surpreso com a reação dela. "Não tenho tratado você diferente de ninguém nesse departamento. Não tenho que ficar sentado aqui ouvindo isso."

Hulda deu de ombros. "Você sabe que não é bem assim, Magnús. Mas eu estou me aposentando, então não é mais problema meu."

"Acho que esta reunião já durou o suficiente. O caso está encerrado."

Desta vez, foi Hulda que socou a mesa. Surpresa, toda sua raiva reprimida irrompia: "Não. Preciso de mais tempo para resolver isso. Certamente, pelo menos você me deve isso?"

Magnús sentou-se congelado com sua raiva reprimida, seu rosto inexpressivo.

"Preciso de mais alguns dias, talvez uma semana. Manterei você informado, para não atrapalhar meus colegas mais uma vez. Foi sem querer, como você bem sabe."

Ele sentou-se e pensou um pouco, antes de admitir de má vontade: "Certo. Você tem um dia."

"Um dia? Não é suficiente."

"Bem, terá que ser. Estou com você até o pescoço. Você só precisa começar cedo. Faremos um acordo: a deixarei sozinha amanhã, ok? Mas no dia seguinte, você virá limpar sua mesa. Então poderá começar a se acostumar com sua aposentadoria."

XXIV

As luzes estavam falhando.

Depois de dirigir por um tempo, ela mais ou menos pegou o jeito de como lidar com a neve. O 4x4 respondeu bem à direção e à crosta de gelo congelada por debaixo do carro. A nevasca prometida ainda não havia se materializado, embora alguns flocos de neve tivessem começado a cair, o suficiente para justificar ligar os limpadores.

Ele estava certo, afinal: isso fazia parte do pacote, parte da aventura para a qual se inscreveu. Ela se arrependeu agora de ficar com muito medo desse desafio.

Uma vez que ela estava dirigindo bem, ele assumiu o volante novamente e dirigiu em um ritmo alucinante até que uma montanha apareceu à frente. Foi aí que ele tirou o pé do acelerador e diminuiu a velocidade até parar.

"Está bom. Vamos deixar o carro aqui."

Saindo em uma leve névoa de neve, ela observou os arredores. "Vamos lá para cima, subir a montanha?", ela perguntou, amedrontada com a visão dos penhascos.

Ele balançou a cabeça. "Não, não até o topo, só até o vale sobre o próximo cume. No entanto, a subida será um pouco desafiadora."

A escuridão estava se aproximando com uma velocidade assustadora, e ela apenas torcia para que chegassem ao seu destino ainda no crepúsculo. A noite naquele lugar seria impenetrável: nenhuma cidade brilhando ao longe; nada além de montanhas e neve.

"Haverá outras pessoas lá?"

"Ninguém mais vem aqui", ele disse com segurança.

Ele havia começado a descarregar o carro e suas mochilas já estavam sobre a neve ao lado de outras coisas. Esticou a mão e puxou um suéter grosso, um *Lopapeysa* tradicional, tricotado em lã islandesa, com um padrão em zigue-zague distinto em branco, marrom e cinza ao redor do pescoço.

"Vista isso ou irá congelar", ele disse, sorrindo. No crepúsculo, era difícil de enxergar qual tipo de sorriso era.

Ela obedeceu sem discutir, tirando sua jaqueta grossa. Um arrepio espalhou-se por seu corpo. Talvez fosse apenas frio, disse a si própria, mas pensando bem, talvez... talvez fosse medo.

Ele lhe entregou a mochila e, cambaleando um pouco por causa do peso, ela a colocou nas costas. Ele a ajudou com as alças antes de prender o machado de gelo do lado de fora.

Eles não tinham dado mais do que alguns passos antes que ela percebesse que tinha esquecido de colocar suas luvas. Em segundos, ela perdeu toda a sensibilidade nos dedos e teve que chamá-lo para ajudá-la a tirar as luvas da mochila. Uma vez que ele o fez, eles retomaram a caminhada, avançando pela neve espessa até que, enfim, ele parou.

"Vamos tentar escalar daqui. Você acha que consegue?"

À frente, ela viu uma encosta íngreme e branca subindo a alturas invisíveis, o topo obscurecido pela luz que falhava e os flocos de neve atrapalhando sua visão.

"Você acha que consegue fazer isso?", ele perguntou de novo.

Ela, insegura, consentiu e esperou que ele indicasse o caminho.

"Você primeiro", ele incitou, após um breve silêncio. Ela não pôde acreditar no que tinha ouvido. Não seria possível enfrentar essa encosta sozinha e sem ajuda.

"Eu? Por quê?"

"Não tenho certeza de quão firme a neve está lá em cima. Se houver uma avalanche, eu conseguirei salvá-la."

Ela ficou parada, endurecida por tanto medo, se perguntando se ele estava brincando, mas com medo de que estivesse falando sério.

Ele lhe entregou os bastões de caminhada que estavam fixados fora da mochila e disse-lhe para seguir em frente.

Como não havia o que fazer, ela partiu, subindo com extrema cautela. A inclinação não era tão íngreme a princípio, porém, quanto mais alto se subia, ela se acentuava. Ela tentou se concentrar a dar um passo de cada vez, mantendo os olhos para baixo, tentando não perder o equilíbrio. De vez em quando, ela olhava para cima, contudo o chão branco e a neve caindo se fundiam em um só, e ela não conseguia, por nada nesse mundo, enxergar onde a encosta terminava. Estava se tornando cada vez mais difícil levantar os pés e mais complicado se segurar em alguma coisa. Logo, ela estava, a cada passo, deslizando para trás, às vezes fazendo várias tentativas para ganhar alguns centímetros de altura. Ela tentou formar pontos de apoio, chutando os pés na neve, usando a ponta de suas botas, entretanto com pouco sucesso, até que, em um momento de medo vertiginoso, ela sentiu que perdia o equilíbrio e deslizou de volta, para a metade do caminho.

XXV

Algumas nuvens riscavam o céu acima do jardim aberto de Pétur, como se pintados em pinceladas largas na abóboda azul dos céus, e o sol estava descendo à sua última configuração do dia. Nessa época do ano, seria normal que Hulda se enchesse de vitalidade, mas não hoje. Ela ficou esgotada por completo após seu encontro com Magnús, e estava muito cansada para trabalhar mais na investigação: Elena teria que esperar até amanhã de manhã.

Pétur abriu a porta antes que ela pudesse bater; sem dúvida, a estava observando da janela da cozinha. Ela tentou não deixar sua exaustão transparecer.

"Hulda! Entre." Sempre tão educado e receptivo, como um médico falando com seu paciente favorito. Ele indicou o caminho até a sala de estar que também servia de sala de jantar, onde a mesa já estava posta, com a mais suculenta paleta de carneiro, que obviamente acabara de sair da grelha, como a *pièce* de *résistance*. Cheirava tão bem que Hulda percebeu que estava faminta. Pétur também abriu uma garrafa de vinho tinto, como ela já esperava que o fizesse. Ainda bem que tomou a precaução de deixar o carro em casa e pedir um táxi.

"Parece delicioso", ela disse.

Ele lhe ofereceu uma cadeira e ela sentou-se agradecida, sentindo o cansaço. Pétur foi para a cozinha. Ficar sentada ali parecia um pouco estranho, como se não fizesse parte daquele lugar, como se fosse uma penetra, embora outra parte dela sentia como se tivesse voltado para casa. Talvez fosse o jardim que podia ver pelas janelas da sala de estar, lembrando-lhe um pouco seu antigo jardim em Álftanes.

A casa de Pétur era calorosa, mais do que isso, tinha um ar acolhedor e familiar. Sim, ela sem esforço poderia se imaginar vivendo ali, curtindo a companhia de Pétur, cozinhando com ele, bebendo vinho noite adentro...

"Dia longo?", Pétur perguntou, voltando com uma tigela de vegetais. "O meu foi bem tranquilo. Você vai gostar disto, quando se aposentar — uma mulher em forma como você, com outros interesses fora o trabalho." Ele sorriu.

"Acho que sim", Hulda respondeu com pesar. "Sim, pode-se dizer que tive um dia... difícil."

Pétur sentou-se. "Sirva-se enquanto está quente. Costuma ficar muito bom grelhado assim, faz muita diferença ter alguém para cozinhar."

"Obrigada." Ela deu uma garfada. O sabor era excepcional. Pétur era um cozinheiro excelente. Isso era um adicional de suma importância.

"O que aconteceu?", ele perguntou.

"O quê?"

"Hoje. Alguma coisa aconteceu, dá para perceber."

Hulda considerou quanto deveria contar para ele. Discutir o caso não era um problema, uma vez que tinha certeza da discrição de Pétur, mas ela se sentiu relutante em descrever seu encontro com Magnús. Em parte, por vergonha do erro que cometera, por mais bem intencionada que tivesse sido.

Após o silêncio que durou um minuto ou dois, e que de alguma forma nunca se tornou inconfortável, ela se surpreendeu dizendo: "Eu tive uma reunião com meu chefe. Ele quer que eu desista da investigação."

"Imediatamente?"

"Sim."

"Por quê? Você vai?"

"Eu conversei com um cara que eu não deveria. É uma longa história, para resumir, minha investigação se sobrepôs a outra investigação. Eu não fazia ideia de que isso estava acontecendo, embora eu tenha que admitir que, em parte, foi culpa minha, já que não mantive meu chefe informado. Ele não tinha ideia do que eu estava fazendo." Ela suspirou. "O detetive que primeiro cuidou do caso também está furioso comigo. Para ser honesta, estou no olho do furacão."

"Tudo irá se resolver. Tenho certeza disso." Como sempre, Pétur parecia imperturbável. "E se a conheço, você não desistirá tão fácil."

Hulda riu. "Não, eu consegui apertá-lo e ele me concedeu mais um dia. Meu último dia."

"Então é melhor que faça bom uso dele."

"Pode apostar nisso." Ela levantou sua taça e deu o primeiro gole. "Em outras palavras, é melhor eu pegar leve com esse vinho maravilhoso."

"E amanhã, assim que encerrar o expediente, você estará livre. Parabéns!"

"Com certeza, você sabe ver o lado bom das coisas."

"Não deveríamos comemorar sua aposentadoria?"

"Se você quiser", Hulda disse, com uma voz suave. "Isso já está sendo uma comemoração antecipada. Está delicioso."

"Poderíamos escalar o monte Esja", Pétur sugeriu. "O que me diz? Eu perdi a conta de quantas vezes escalei essa montanha, mas nunca me canso. Nem todo mundo tem a sorte de ter essa montanha no quintal de casa. E a vista da cidade num dia claro..."

"Você não tem que me convencer, eu topo", Hulda respondeu e, pela primeira vez em muito tempo, ela se viu genuinamente ansiosa por algo. Por um breve momento, ela brincou com a ideia de abandonar Elena e se colocar em primeiro plano, cedendo à vontade de Magnús de que ela se aposentasse já. Ela estava a ponto de sugerir que eles escalassem Esja no dia seguinte.

As palavras oscilaram na ponta da sua língua.

Quando as palavras saíram, no entanto, o que ela disse foi: "Combinado, iremos depois de amanhã. Precisarei de mais um dia para a investigação." Nesse instante, ela sentiu uma poderosa e inquietante premonição de que essa tinha sido a decisão errada.

Pela segunda semana seguida, eles exageraram no vinho tinto. Hulda estava temendo a manhã seguinte, preocupada se estaria sonolenta e bêbada demais para qualquer coisa útil. Mas Pétur parecia gostar de tê-la com ele, e ela tinha que admitir que estava gostando da companhia dele também. Já passava da meia-noite; as horas correram em um piscar de olhos, a conversa parecia fluir tão bem entre os dois.

Relutante em pôr um fim a uma noite tão agradável, Hulda permaneceu sentada no sofá de couro.

Eles estavam sentados lado a lado, ainda que com uma discreta distância. Pétur, era notório, estava tomando cuidado para não se aproximar muito: ele sabia o que estava fazendo.

"Você me disse ontem que nunca conheceu seu pai", ele comentou.

"Verdade."

"Sua mãe já se casou? Ou ela a criou sozinha?"

"Não, ela nunca se casou. Nós morávamos com meus avós", Hulda disse. "Meu avô e eu éramos grandes amigos — ele era a pessoa mais próxima a mim. Acho que nós éramos muito parecidos em alguns aspectos, suponho que ele era como uma ponte para aquele lado da família. Minha mãe e eu nunca fomos tão próximas, porém graças ao vovô eu me sentia parte da família, se é que você me entende. Nunca conheci meus parentes por parte do meu pai. Sem o vovô, não acho que minha infância teria sido muito feliz."

Pétur fez um gesto de cabeça, e ela notou que ele entendeu.

"Eu gostaria de ter conhecido meu pai", ela continuou, em voz baixa, desconsolada, sentindo-se chorosa de repente. Era o vinho: ela sabia que estava bêbada, mas estava gostando demais daquela noite para parar de beber.

"Como foi" Pétur começou, mudando de assunto, embora sem se afastar muito do ponto que estavam conversando, "crescer com uma mãe solteira naquele tempo? Sei que é comum hoje em dia, entretanto lembro como as pessoas costumavam falar sobre meus colegas de escola que não tinham pai — quero dizer, cujos pais eram desconhecidos".

"Foi difícil", Hulda reconheceu, estendendo a mão para pegar a garrafa e encher as taças vazias. "Muito difícil. Minha mãe sempre estava trocando de emprego, pelo que me lembro. Isso era incomum na época, uma mulher ser a provedora do lar, como você sabe, e ela nem sempre conseguia trabalhar tanto como queria por minha causa. Foi uma verdadeira luta. Nós estávamos sempre sem dinheiro, não acho que é exagero dizer isso. A única razão pela qual tínhamos um teto para morar foi porque tivemos a sorte de viver com meus avós. Sempre tínhamos comida na mesa, mas não sobrava dinheiro para mais nada; nenhum de nós poderia nos permitir qualquer luxo. Conforme fui crescendo, achava isso muito difícil, como tenho certeza que você pode imaginar."

"Bem, para ser honesto, eu não consigo imaginar como é isso", Pétur disse com calma.

"Meu pai era médico como eu, então sempre estávamos bem de vida. Felizmente. O pior da pobreza é o efeito que tem sobre as crianças."

"Na verdade..." Hulda parou, sentindo-se um pouco confusa por conta do vinho e se perguntando se seria sábio se abrir com ele. Quanto deveria contar a esse homem? Ela poderia confiar nele? Então, mais uma vez pensou que, talvez, fosse bom, até mesmo saudável, se abrir sobre seu passado de vez em quando. Ela tem guardado as coisas por tanto tempo: talvez essa seja a chance que estava esperando. Ela nunca conseguiu falar sobre coisas pessoais no escritório. Nenhum de seus colegas mais jovens demonstraram o menor interesse em ouvir sobre altos e baixos de uma mulher de 64 anos.

Além do mais, ela poderia contar seus amigos, seus verdadeiros amigos, nos dedos de uma única mão, em um dia bom. Ela decidiu se arriscar: "Na verdade, as coisas poderiam ter sido muito diferentes."

"Hã?", disse Pétur. Sua resposta foi tão rápida, sem nenhum sinal de fala arrastada, que Hulda se perguntou vagamente se ela bebeu mais vinho do que ele.

"Minha mãe me colocou em uma instituição quando eu era bebê — um lar para crianças, quase como um orfanato. Foi vovô quem me contou; minha mãe nunca disse uma palavra a respeito. Era considerada a coisa apropriada e certa a se fazer no caso de mães solteiras naquela época. Pelo jeito que vovô disse, eu acho que ele e a vovó devem tê-la pressionado a isso, e depois ele veio a se arrepender. Ele disse que fui tirada da minha mãe pouco depois de ter nascido. Você se lembra daqueles lares?"

"Não os conheci, embora claro que já tenha ouvido falar deles."

"Ao que parece, minha mãe me visitava com frequência, o que é natural, eu suponho. Vovô dizia que se orgulhava dela. Logo que conseguiu economizar dinheiro suficiente, ela me tirou daquela instituição. Ela tinha todo o direito, embora eu ache que os bebês daquelas instituições eram, via de regra, apadrinhados ou adotados."

"Você ficou lá por muito tempo?", Pétur perguntou.

"Quase dois anos. E como se isso não bastasse, durante todo esse tempo minha mãe não teve permissão de me tocar ou me pegar ao menos uma única vez. Acho que os pais tinham apenas permissão para ver seus bebês através de uma divisória de vidro. Os funcionários do local achavam que se os pais abraçassem muito os bebês, seria muito penoso para a criança quando eles fossem embora."

"Suponho que você não se lembre...?", Pétur deixou a pergunta no ar.

"Não, não tenho nenhuma lembrança desse tempo", Hulda disse. "Eu era muito nova. Uma vez eu visitei o prédio onde ficava a instituição. Isso foi há décadas. Passar pela porta foi tão estranho. Eu tive uma sensação avassaladora de *déjà vu*. A divisória de vidro não estava mais lá, mas vi fotos dela. E quando eu andava pelo corredor, instintivamente parei em frente a uma porta fechada e perguntei à mulher que me mostrava o local se as crianças costumavam dormir lá. Ela assentiu e disse que eu estava certa, e quando ela abriu a porta uma sensação veio à tona. Eu sabia, apenas sabia, que eu dormia naquele quarto. Não precisa acreditar em mim, porém foi uma experiência peculiar."

"Eu acredito em você", disse Pétur. Como sempre, ele respondeu sem hesitar e disse a coisa certa.

"Eu tenho uma memória genuína da primeira infância", Hulda continuou. "Havia planos de eu ser adotada — isso foi depois que minha mãe me tirou da instituição e já estávamos morando com meus avós. Um casal estava interessado em me adotar. Como de praxe, eu soube disso pelo vovô, não pela minha mãe, embora não houvesse motivo para duvidar do que ele disse, e dessa vez eu tenho uma vaga lembrança do ocorrido. Lembro-me do voo — deve ter sido para o leste. Isso se encaixaria no local porque o casal morava entre as areias glaciais no distrito de Skaftafell e, no passado, demorava uma vida para chegar lá. Nunca me esqueci daquela viagem, embora eu fosse apenas uma criança. Nós não costumávamos sair de Reykjavík, então eu suponho que guardei lembranças da viagem porque era uma coisa incomum."

"Diga-me...", Pétur hesitou, como se não tivesse certeza se deveria prosseguir. "Talvez seja uma pergunta inapropriada..."

"Manda bala", Hulda disse, e se arrependeu em seguida.

"Bem... Se você pudesse escolher agora, em retrospecto, você queria ter crescido com sua mãe?"

A pergunta surpreendeu Hulda, talvez porque, muitas vezes, quase de maneira inconsciente, se perguntava o mesmo, sem chegar a uma conclusão. Sua infância foi feliz? Não exatamente; talvez nem um pouco. Mas não havia jeito de saber se a grama teria sido mais verde se ela tivesse sido criada por estranhos. Dinheiro era importante? A pobreza de sua educação e o esforço interminável para pagar as contas teriam deixado marcas definitivas nela?

Ela se lembrou de seus primeiros anos, tentando recordar de algumas memórias felizes. Havia uma em que ela estava sentada em seu quarto ouvindo uma história; ela não conseguia lembrar sobre o que era a história, mas a lembrança era vívida e calorosa. A pessoa sentada ao lado dela era seu avô, não sua mãe. Ela também se recordava de um passeio, quando tinha talvez oito ou nove anos, para a loja da esquina, que já tinha fechado há muitos anos. Ela tinha ido lá para gastar seu próprio dinheiro, uma pequena fortuna que tinha economizado por ter trabalhado para seu avô durante o verão, ajudando-o a consertar as coisas do pequeno apartamento. Tudo estava ligado ao seu avô, não à sua mãe, mesmo ela sendo sempre tão gentil com ela.

Ela demorou para responder. "Cá entre nós, tenho que admitir — e eu estou culpando o vinho se eu me arrepender mais tarde dessa conversa — que eu poderia ter tido uma infância mais feliz; no entanto, é impossível dizer que, se eu tivesse sido adotada, o problema teria sido resolvido. O que acredito, o que tenho certeza, é que minha vida teria sido melhor se tivessem permitido eu ficar com minha mãe desde que nasci. Sei que as crianças não devem se lembrar de nada de seus primeiros anos de vida, mas lembrar é uma coisa, sentir é outra. Eu acredito que sentia a insegurança e isso me afetou a vida toda. Também acredito que a coitada da minha mãe se sentiu culpada desde o momento em que me entregou até o fim de sua vida. E culpa pode ser um fardo pesado."

"Desculpe-me, Hulda, eu não quis ser... intrusivo."

"Não tem problema. Estou cansada de sempre me hipersensibilizar com o passado. O que está feito, está feito. Não adianta chorar pelo leite derramado, e tudo mais. Inevitavelmente, você se arrepende de algumas coisas, coisas essas que estão sempre a espreitar para sabotar seus sonhos." Hulda permitiu que um silêncio pairasse, seu olhar vagando pela bela sala de estar, refletindo, mais uma vez, que Pétur não sabia o que era viver sem as coisas.

Ele abriu a boca para falar, porém ela falou primeiro: "Você sempre fica perguntando coisas sobre mim.". Ela sorriu para demonstrar que não era uma crítica. "Agora vamos falar sobre você. Você e sua esposa construíram esta casa?"

"Sim, construímos. Tem sido um lugar maravilhoso para se morar. Bem localizado, claro, em um lugar agradável. Uma vez, ficamos bem próximos de vendê-la, ainda bem que não o fizemos. Sou muito apegado a ela. Este lugar guarda tantas memórias — boas e ruins, claro —, e eu tenho toda a intenção de permanecer por aqui, embora seja grande demais." Depois de uma breve pausa, ele acrescentou: "Muito grande para uma pessoa só, é isso."

"Por quê?"

"Desculpe-me?"

"Por que vocês quase a venderam?" Seu instinto de detetive apitou, ela notou um toque evasivo.

Pétur não respondeu de imediato. Ele se levantou e pegou outra garrafa, então, uma vez mais, acomodou-se no sofá, ainda a uma distância educada.

"Certa vez, parecia que estávamos indo em direção ao divórcio, cerca de quinze anos atrás." Hulda percebeu que era difícil para ele falar sobre isso.

Ela esperou sem falar.

Depois de uma longa pausa e mais um gole de vinho, Pétur disse: "Ela teve um caso. Estava acontecendo há vários anos sem que eu tivesse a menor ideia. Quando eu, por acaso, descobri, ela saiu de casa. Eu pedi o divórcio, e, quando estávamos nos ajustes finais, ela veio me ver e implorou por uma segunda chance."

"Você achou fácil perdoá-la?"

"Na verdade, eu achei. Talvez porque era ela, e eu fui apaixonado por ela todos esses anos. Isso nunca mudou. É o meu jeito de ser, eu acho. Sempre perdoei rápido. Não sei por quê."

Ao ouvir isso, Hulda refletiu que talvez eles não fossem tão parecidos como ela pensava, pois estava evidente que ela não perdoava rápido.

"Você mencionou que morava em Álftanes?", ele perguntou, mudando de assunto. "Você tinha uma casa lá?"

"Sim, era..." Ela parou para escolher as palavras com cuidado. "Era um lugar lindo, à beira-mar. Eu ainda sinto falta do som das ondas. E você? Você já morou perto do mar?"

"Uma vez. Meu pai era médico no leste, mas eu sou um menino da cidade, na verdade. Cresci com o barulho do trânsito em vez do surfe. Você vendeu quando seu marido morreu?"

"Sim, eu não conseguia manter a casa."

"Você disse que ele morreu bem jovem, não foi?"

"Ele tinha 52 anos."

"Lamentável, apenas lamentável."

"Sim, lamentável."

Apesar dos assuntos sombrios sobre os quais estavam conversando, a sala de estar parecia um refúgio de tranquilidade. Lá fora, a noite estava mais escura do que nunca para um mês de maio. Naquele momento, o telefone dela tocou, rompendo a paz com sua barulheira alta e intrusiva. Com um olhar de desculpas para Pétur, Hulda remexeu as profundezas de sua bolsa. Foi uma surpresa, para dizer o mínimo, quando viu quem estava ligando, sobretudo porque já passava da meia-noite. Era a enfermeira que tinha atropelado o pedófilo; a mulher à qual Hulda deu uma grande chance ao fingir que sua confissão nunca havia ocorrido. Ela esperava nunca mais ouvir uma palavra sobre o incidente.

Hulda cancelou a chamada sem atender. "Desculpe, nunca tenho um momento de paz."

"Nem me fale", Pétur sorriu.

Hulda colocou o telefone sobre a mesa ao lado da nova garrafa de vinho tinto. Claramente, eles ainda não haviam terminado; restava muito vinho ainda.

Seu telefone tocou outra vez.

"Droga", murmurou Hulda, mais alto do que pretendia.

"Vá em frente, atenda", Pétur disse com gentileza. "Não me incomoda."

Hulda, no entanto, não tinha a menor vontade de falar com aquela mulher miserável, que provavelmente ainda estava com a consciência pesada pelo crime que cometera e desesperada para aliviá-la desabafando com a única outra pessoa que sabia a verdade. Hulda não tinha intenção de agir como sua confessora, em especial agora. Ela estava gostando da companhia de Pétur e não havia motivo para estragar o clima.

"Não, não é nada urgente. Na verdade, não consigo entender por que ela está me ligando tão tarde. Que desconsideração." Uma vez mais, Hulda cancelou a chamada, e desta vez desligou o telefone. "Pronto, talvez fiquemos em paz agora."

"Mais vinho?", Pétur perguntou, olhando para sua taça meio vazia.

"Não me importo se tomar, obrigada. No entanto, é melhor ser minha última. Tenho que trabalhar amanhã, lembra?"

Pétur encheu sua taça. Seguiu-se um longo silêncio. Hulda não tinha nada a dizer; ela estava muito cansada, e o álcool não ajudava.

"Foi uma decisão sua não ter filhos?", Pétur perguntou, de supetão. Talvez tenha sido uma continuação natural da conversa sobre o marido de Hulda.

A pergunta a pegou despreparada, embora ela deveria saber que, mais cedo ou mais tarde, ela teria de contar a Pétur; pelo menos ela o faria se o relacionamento deles continuasse seguindo esse caminho.

Ela demorou um pouco para pensar como responder, e Pétur esperou com a paciência característica. Ele não parecia deixar que muita coisa o abatesse.

"Nós tivemos uma filha", ela disse por fim, uma resposta simples.

"Desculpe-me, eu pensei..." Pétur parecia surpreso e um pouco confuso. "Eu achei que você tinha dito... eu tive a impressão de que você e seu esposo não tiveram filhos."

"É porque eu deliberadamente evitei o assunto. Você terá que me desculpar — eu ainda acho difícil falar sobre isso." Ouvindo sua voz embargada, Hulda lutou para controlar a vontade de chorar. "Ela morreu."

"Não sei o que dizer", Pétur respondeu hesitante. "Eu sinto muitíssimo por ouvir isso."

"Ela se matou."

Hulda podia sentir as lágrimas escorrendo pelo seu rosto. Era verdade que ela não estava acostumada a falar sobre isso. Embora pensasse todos os dias em sua filha, era raro falar sobre ela.

Pétur não disse uma palavra.

"Ela era tão jovem, tinha acabado de completar treze anos. Não tentamos ter mais filhos depois disso. Jón tinha cinquenta anos, eu era dez anos mais jovem."

"Céus!... Você passou por maus bocados, Hulda!"

"Não consigo falar sobre isso, me desculpe. De qualquer forma, foi o que aconteceu. Depois Jón morreu, e eu estou sozinha desde então."

"Isso pode estar prestes a mudar", disse Pétur.

Hulda tentou sorrir, mas de repente sentiu-se surpreendida pelo cansaço. Para ela bastava; precisa ir para casa.

Pétur, intuitivamente, parecia saber como ela estava se sentindo. "Devemos encerrar a noite?"

Hulda deu de ombros. "Sim, talvez. Foi muito bom, Pétur."

"Devemos repetir amanhã à noite?"

"Sim", ela disse, sem um momento de hesitação. "Seria adorável."

"Talvez pudéssemos sair para jantar em algum lugar? Comemorar sua aposentadoria. O jantar no Hotel Holt será por minha conta. O que acha?"

Isso foi muito generoso. "Puxa, sim, isso seria maravilhoso. Não vou lá há muito tempo. Há mais de vinte ou trinta anos." O restaurante do Hotel Holt era um dos lugares mais badalados de Reykjavík, e Hulda se lembrava muito bem da última vez que esteve lá. Tinha sido um jantar de aniversário, com seu esposo e filha, uma ocasião feliz, cara, porém memorável.

"Não posso obrigá-la a comer minha comida todas as noites. Então está resolvido."

Hulda levantou-se, e Pétur fez o mesmo, dando-lhe um beijo rápido na bochecha.

"O cordeiro estava excelente", ela disse. "Eu gostaria de saber fazer um churrasco assim."

Ao entrarem no hall, Pétur perguntou de chofre: "Como ela se chamava?"

Hulda ficou surpresa. Embora soubesse o que ele estava perguntando, ela fingiu que não, para ganhar tempo. "Desculpe?"

"Sua filha, como se chamava?" Sua voz era doce, seu interesse genuíno.

Hulda percebeu de repente que fazia anos que havia falado o nome de sua filha em voz alta e se sentiu envergonhada.

"Dimma. Seu nome era Dimma. Incomum, eu sei. Significa escuridão."

O Último Dia

1

Hulda rolou na cama, sem vontade de se levantar. Enterrando a cabeça em seu travesseiro, ela tentou adormecer novamente, porém o estrago estava feito: era tarde demais para tentar voltar a dormir. Outrora, ela teria sido capaz de dar uma boa desculpa, mas, com a idade, essa habilidade se tornou cada vez mais rara.

No entanto, quando ela olhou para o despertador, descobriu, para seu desgosto, que tinha dormido muito; em outras palavras, era tarde demais.

Ela precisava usar cada minuto do dia para amarrar as pontas soltas de sua investigação, contudo, assim que se sentou, sentiu uma grande dor de cabeça. Por mais maravilhosa que a noite com Pétur tivesse sido, ela não deveria ter bebido tanto; ela não levava mais jeito para isso. Em geral, ela tomava apenas uma taça de vinho com as refeições. Ainda assim, ela teria que ignorar sua ressaca e se concentrar no caso, embora seu interesse nele estivesse diminuindo bastante. Fora o senso de dever com a garota russa morta, a única coisa que a motivava agora era a pura obstinação. Ela não poderia deixar Magnús vencer de jeito nenhum. Depois de aborrecê-lo para lhe conceder mais 24 horas para a investigação, ela teria que dar o seu melhor antes de entregar seu relatório esta noite e dar adeus à polícia para sempre.

Ocorreu-lhe que o que mais importava era seu próximo encontro com Pétur. Ela estava na contagem regressiva para o jantar dessa noite no Hotel Holt.

II

Ela tentou levantar-se da neve escorregadia, só que era mais fácil falar do que fazer com o peso desestabilizador da mochila sobre suas costas.

"Desça", ele a chamou.

Obedecendo, ela desceu o resto do caminho e agradeceu a todos os santos quando chegou em segurança ao fim do percurso.

"Passe-me os bastões", ele disse. "Vamos colocar os grampos e você poderá usar seu machado de gelo."

Mais bem equipada dessa vez, ela olhou a encosta com o coração na boca.

Ainda era uma subida árdua, mas agora, graças aos grampos em suas botas, seria capaz de se fixar melhor na neve. Centímetro por centímetro, ela foi subindo, rezando para não se desequilibrar de novo, mantendo seu olhar fixo no chão em frente a ela, temendo cair para trás no ponto mais íngreme. Um passo trabalhoso de cada vez, até que, notando que o caminho estava ficando menos difícil, ela percebeu que o pior já tinha passado, e o caminho à frente parecia cada vez mais fácil. Com seus joelhos dobrando aliviados, ela afundou na neve para esperar, sentindo-se mentalmente e fisicamente esgotada. A inclinação era tão íngreme que ela não conseguia ver se ele já tinha começado a subir, muito menos quanto tinha subido, entretanto ela temia chamá-lo, consciente do que ele havia falado — meio brincando, era o que parecia — sobre o perigo de uma avalanche. Por que raio ela o tinha deixado convencer a fazer essa loucura?

III

Já passava muito da hora do café da manhã e, de qualquer forma, Hulda não conseguia pensar em comer. Ao invés disso, decidida a dar uma pequena pausa, ela deu a volta na esquina até o supermercado. O clima estava mais sombrio do que no dia anterior, o céu obscurecido por uma camada espessa de nuvens cinzentas, e o vento estava excepcionalmente tempestuoso. Poderia a primavera ter vindo e ido em um único dia?

O clima causou um efeito amortecedor no humor de Hulda. Via de regra, ela não deixava o imprevisível clima islandês atingi-la, mas hoje ela se pegou desejando que, dentre todos os dias, o último dia de sua antiga vida, pudesse ter tido um início mais promissor.

Durante toda a noite, ela foi assombrada por sonhos com Dimma. Apesar disso, ela dormiu bem pela primeira vez. Embora os sonhos tivessem sido permeados pela tristeza, pelo menos ela foi poupada do pesadelo recorrente que a atormentava há anos. Talvez fosse coincidência, mas ela suspeitava que falar sobre Dimma teria sido benéfico, em especial para um bom ouvinte como Pétur. Talvez um dia ela se sentiria capaz de se abrir com ele sobre sua filha, contar-lhe histórias sobre ela, dizer-lhe que ela tinha sido uma garota querida e doce.

Hulda vagava sem rumo pelos corredores do supermercado, não achando nada que a tentasse, antes de pegar os únicos itens que chamaram sua atenção: uma garrafa de Coca-Cola e um pacote de bolachas de chocolate *Prins Póló*. *Prins Póló* — que a levou de volta ao passado, fazendo-a lembrar dos dias que a Islândia costumava negociar com a Europa Oriental chocolate polonês em troca de peixe islandês. Como o mundo mudou.

Uma vez que se recompôs, a primeira tarefa do dia seria dirigir até a península de Reykjanes e tentar matar dois coelhos — até mais, se possível — com uma cajadada só. Ela precisava falar com a garota síria, se não fosse tarde demais. Desde que a garota havia sido presa no dia anterior, Hulda presumiu que ela estava sendo detida na polícia de dentro do aeroporto, embora também fosse possível que ela já tivesse sido deportada, mandada para casa em um dos voos da manhã, o que significaria que Hulda teria perdido a chance de interrogá-la. Que diabos, por que ela não fez acordos para entrevistá-la ou, pelo menos, programou o alarme para a manhã? Será que ela estava ficando descuidada diante de sua aposentadoria iminente.

Ela teria que parar no albergue em Njardvík também para mostrar a Dóra a foto que tirou de Baldur Albertsson. Se Dóra não estivesse lá, ela poderia enviar-lhe um *e-mail* com a foto, mas ela preferia testemunhar a reação dela em primeira mão. Poderia ser um tiro no escuro, porém, a esse ponto, Hulda sentiu que tinha que manter todos os caminhos abertos.

Ocorreu-lhe também que valeria a pena ter a oportunidade de examinar a enseada onde Elena tinha morrido, ou melhor, onde seu corpo fora encontrado. Sempre haveria a possibilidade de ela ter dado seu último suspiro em outro lugar.

Hulda estava saindo da cidade, dirigindo, antes que percebesse que era provável que não estivesse em bom estado para dirigir, com todo o álcool que ainda devia estar correndo em suas veias. Passaram-se anos desde a última vez que ficou assim. No cruzamento seguinte, ela deu meia-volta e foi para casa chamar um táxi.

Foi um alívio poder afundar no banco de trás e relaxar pelo menos uma vez, enquanto alguém se preocupava em dirigir, em particular porque o táxi era novo, um carro de luxo, que corria ao longo da via dupla de Reykjanes com uma suavidade e velocidade bem diferentes de sua lata velha.

Os campos de lava preta se desdobraram diante de seus olhos, parecendo quase fluir pelas janelas do carro, majestosos em sua simplicidade austera, porém monótonos como um refrão interminável, repetido ao infinito. Ela se lembrou de ter lido sobre como os campos haviam se formado, lembrando que parte da lava datava de antes de a Islândia ter sido colonizada, nos anos 800, parte dela tinha sido produzida por erupções posteriores. Acima do terreno plano, as nuvens ficavam mais pesadas e escuras à medida que viajavam em direção a Reykjavík, até que uma estranha gota de chuva começou a respingar no para-brisas.

A combinação de lava e chuva acarretaram um efeito calmante em Hulda, e ela deixou suas pálpebras caírem, não para cochilar, mas para se recompor para enfrentar as demandas do dia. Uma série de imagens passou por sua mente, porém Elena não mais ocupava o primeiro plano, tendo recuado para trás de imagens detalhadas de Dimma e, agora, de Pétur.

Ela se viu pensando mais em Pétur do que o esperado, como se de repente aceitasse o inevitável. Sim, a idade a havia alcançado, pegando-a cruelmente de surpresa, entretanto as mudanças que trouxera poderiam ser positivas. Talvez, no final das contas, ela merecia ser feliz; ficar acordada até tarde numa noite de dia de semana, bebendo vinho com um belo médico, sem pesar a consciência. Merecia uma chance de esquecer do pesadelo de vez em quando. Merecia não ter que receber ordens de um chefe inútil que nunca deveria ter sido promovido a seu superior.

Perdida nesses pensamentos, ela cochilou contra sua vontade e dormiu até que o motorista a acordou avisando que estavam chegando ao seu destino. Ela levou um tempo para entender onde estava: delegacia de polícia de Keflavík.

Adormecer no meio do dia era bem fora do comum, ainda mais dormir em um táxi. Deve haver algo no ar; tudo parecia fora do comum hoje. Hulda tinha um pressentimento de que algo estava prestes a acontecer, só não sabia o quê.

IV

A escuridão tinha caído para valer agora. Depois que ele a alcançou no topo da encosta, eles caminharam por um terreno plano por um tempo antes de fazerem uma breve pausa para fixar as tochas. Agora, ela conseguia enxergar claramente onde estava pisando, mas tudo o mais além do estreito cone de luz estava envolto em escuridão. Quando ela perguntou se estavam perto do lugar onde iriam passar a noite, ele sacudiu a cabeça. "Ainda há um caminho a percorrer."

A neve estava tão perfeita, brilhando à luz da tocha, que parecia um sacrilégio pisar nela e quebrar a imaculada crosta. Nunca antes ela tinha tido uma conexão tão intensa com a natureza. Os grilhões de gelo pareciam lançar um misterioso encantamento sobre seus arredores. Concentrando-se na beleza elementar, ela se esforçou o máximo para esquecer suas reservas com relação à viagem.

Em pouco tempo, a superfície dura e gelada deu lugar a um movimento mais profundo e suave. Parando por um momento, ela desligou a lanterna e esperou seus olhos se acostumarem com o escuro. Os tênues contornos das colinas e montes nevados podiam ser vislumbrados ao redor deles, e ela se deu conta, mais do que nunca, que sem o seu guia ela estaria perdida; ela não fazia ideia de como encontrar a cabana ou como voltar para o carro. Sem ele, era certo que morreria congelada naquele lugar.

Ela estremeceu com a ideia.

Ligando sua lanterna, ela abaixou a cabeça e partiu obstinada em seu rastro. Uma lacuna abriu-se entre eles e, pegando o ritmo, ela tentou fechá-la. Ela se tornou imprudente em sua pressa e sabia que o chão estava cedendo sob seus pés. Sentindo-se afundar na neve macia, ela começou a entrar em pânico, pois havia caído em um buraco e nunca mais conseguiria sair. Acabou não sendo tão profundo quanto parecia, não obstante se livrar das garras da deriva se mostrou impossível em razão do peso da mochila. Ela gritou, primeiro com uma voz vacilante, depois mais alto, até que ele ouviu e voltou para resgatá-la e puxá-la para fora. Ela foi seguindo seu rastro, ouvindo o barulho de água escorrendo sob a neve de vez em quando, seu borbulhar proporcionando uma confortável nota familiar em meio ao silêncio desabitado das montanhas.

 Ele parou de súbito, com a cabeça girando de um lado para o outro, como se estivesse sentindo o terreno. Ela podia apenas distinguir o formato escuro de uma montanha à distância, seus barrancos borrados por uma camada de branco.

 Ela escutou o rio, só que agora seu borbulhar havia se acalmado. Agora não havia nada além do silêncio.

V
—

 "Parece que você está com sorte", disse o sargento de plantão, que se apresentou como Óliver. Ele era alto, corpo esguio, apenas carne e osso. "Muita sorte. Porque a garota síria continua aqui. Nós iríamos colocá-la em um avião hoje de manhã, mas o advogado dela deu um jeito. Você sabe como é."

 "Por acaso, seu advogado seria Albert Albertsson?", Hulda perguntou.

 "Albert? Não, não o conheço. A advogada que está cuidando do caso da mulher síria é uma mulher."

 "Qual é o nome dela?"

 "Não consigo me lembrar do nome de nenhum desses advogados."

"Não, eu quis dizer o nome da requerente de abrigo."

"Hum." Óliver franziu a testa. "Qual era mesmo... Amena, eu acho. Sim, Amena."

"Por que você a está deportando?"

"Algum oficial tomou a decisão. Não tenho nada a ver com isso. Sou responsável apenas por colocá-la no avião."

"Posso falar com ela?"

Óliver deu de ombros. "Não vejo por que não. Embora eu não saiba se ela concordará em vê-la. Não posso lhe prometer nada. Como se pode esperar, o pessoal da polícia não é o tipo de gente favorita dela agora. Por que você quer falar com ela?"

Ele deve ser 30 anos mais jovem do que Hulda, mas nem pelo jeito de falar ou pelo jeito de se portar mostrou a menor consideração à sua idade. Era comum acontecer isso nos dias de hoje, porém esse comportamento nunca deixou de irritá-la. A maneira como a geração mais jovem estava assumindo o controle, tornando-a redundante, como se sua experiência já não contasse mais para nada.

Hulda suspirou impaciente. "Está relacionado com um caso que estou investigando — uma requerente de abrigo foi encontrada morta na costa, aqui perto."

"Sim, em Flekkuvík. Eu me lembro. Eu e meu colega fomos chamados ao local da cena quando o corpo foi encontrado. Uma garota estrangeira, não era? Não foi possível fazer mais nada."

"Ela era russa."

"Sim, isso mesmo."

"O que você se lembra sobre a cena?", Hulda perguntou.

Óliver franziu a testa: "Nada em particular. Foi outro suicídio, você sabe. Ela estava lá, deitada na água rasa, morta, por certo. Não houve nada que pudéssemos fazer. Por que você está investigando isso?"

Ela resistiu à vontade de dizer a ele para cuidar de sua própria vida. "Novas informações. Não tenho liberdade para entrar em detalhes." Inclinando-se em direção a ele, ela sussurrou em confidência: "A coisa toda é um pouco delicada."

Ele apenas deu de ombros. Seu interesse no caso não se apresentou muito grande, e Hulda também teve a distinta impressão de que ele botava pouca fé na capacidade de uma arcaica como ela lidar com um inquérito policial.

"Certo, deixarei você falar com ela, já que insiste", ele disse, como se estivesse se dirigindo a uma criança travessa.

Hulda teve que reprimir uma resposta furiosa.

"Mas nossas duas salas de interrogatório estão ocupadas", ele continuou. "Você se importaria em falar com ela dentro da cela?"

Isso fez Hulda congelar. Ela estava a ponto de educadamente agradecer-lhe e ir embora, abandonando a investigação, quando pensou melhor. "Sim, tudo bem, eu suponho que dará certo." Poderia muito bem conseguir algo valioso durante suas últimas horas na polícia.

"Já volto."

Ele se foi e voltou quase que no mesmo instante.

"Venha comigo."

Ele a levou para a cela, abriu a porta e a trancou. Um arrepio percorreu Hulda enquanto ela estava trancada lá dentro. Sempre que cometia algum delito quando criança, sua avó costumava mandá-la para a despensa para refletir sobre seus pecados. A despensa era escura e suja e, para piorar as coisas, sua avó sempre trancava a porta. Nem a mãe de Hulda nem o avô se atreviam a defendê-la quando se tratava da despensa. Talvez eles achassem que não era tão ruim, mas, para Hulda, foi um tormento que a deixou com uma fobia eterna de lugares estreitos e fechados. Na tentativa de se distrair, ela procurou por algo positivo em que se concentrar: a próxima noite ao lado de Pétur serviria. Ela disse a si mesma que precisava ser forte, para seu próprio bem e o de Elena.

A garota síria era uma figura magra, pálida e miserável.

"Olá, meu nome é Hulda." A garota não reagiu, embora Hulda tenha falado em inglês. Ela estava sentada em uma cama parafusada à parede. Não havia cadeira na cela e, supondo que seria imprudente sentar-se ao lado dela nesse momento, Hulda permaneceu ao lado da porta, respeitando seu espaço.

"Hulda", ela repetiu lenta e claramente. "Seu nome é Amena, não é?"

A garota olhou para cima, seu olhar encontrou o de Hulda antes de voltar a olhar para o chão, seus braços cruzados sobre o peito. Ela era tão jovem, não tinha nem 30 anos ainda, talvez estivesse perto dos 25, e parecia ser ansiosa, até mesmo temerosa.

Hulda continuou: "Sou da polícia." Justamente quando começou a se perguntar se Óliver a havia informado mal sobre o conhecimento de inglês da jovem, Amena respondeu com rispidez: "Eu sei."

"Preciso conversar com você, apenas para lhe fazer algumas perguntas."

"Não."

"Por que não?"

"Você quer me mandar para fora do país."

"Não tenho nada a ver com isso", Hulda assegurou-lhe, mantendo sua voz lenta e gentil. "Estou investigando um caso e acho que você pode me ajudar."

"Você me engana. Você quer me mandar para casa." Amena olhou para Hulda, fervendo de raiva impotente.

"Não, isso não tem nada a ver com você", Hulda garantiu. "É sobre uma garota russa que morreu. Seu nome era Elena."

Quando ouviu isso, Amena ficou animada. "Elena?", ela disse, depois acrescentou com veemência: "Eu sabia. Finalmente."

"O que quer dizer?"

"Quando ela morre, há algo de estranho. Eu disse ao policial."

"Policial? Era um homem? Seu nome era Alexander?"

"Um homem, sim. Ele não liga", Amena disse. Embora seu inglês fosse hesitante, ela fazia-se entender com clareza.

Mais uma vez, Hulda amaldiçoou Alexander mentalmente por sua incompetência e preconceito. O que mais ele havia "esquecido" de escrever em seu relatório? Por conjectura, o caso havia sido resolvido, mas sentiu como se estivesse tateando no escuro.

"Por que você acha que havia algo estranho sobre a morte dela?"

"Ela recebe permissão para ficar. Ficar na Islândia. Ela recebe um sim." A garota síria foi enfática.

Hulda fez um gesto para mostrar que tinha entendido.

A garota continuou: "Ninguém que recebe um sim faz isso. Pula no mar. Ela está muito feliz, senta nas escadas, na recepção, fala todas as noites ao telefone. Muito feliz. Todos nós estamos felizes. Ela é uma boa garota. Bondosa. Honesta. Tem uma vida difícil na Rússia. Mas então... no dia seguinte está morta. Morta."

Hulda assentiu, enquanto anotava a descrição com um pé atrás, suspeitando que essa visão cor-de-rosa de Elena pode ser encantadora até certo ponto, por conta da amizade delas, e por conta dos próprios sentimentos da garota síria sobre o que deve ser receber abrigo.

O espaço fechado estava começando a abalar Hulda, afetando sua capacidade de se concentrar. Ela começou a pingar de suor, suas mãos estavam escorregadias, e o batimento cardíaco anormalmente rápido. Ela tinha que encerrar essa conversa rápido e dar o fora dali.

"É possível que ela tenha sido trazida para a Islândia para trabalhar como prostituta?", a detetive perguntou.

A pergunta pareceu pegar Amena de surpresa. "O quê? Prostituta? Elena? Não, não, não, não. Não é possível." Ela pareceu estar buscando uma maneira de refutar a semente de dúvida que a pergunta de Hulda havia plantado em sua cabeça. "Não, não, tenho certeza. Elena não é prostituta."

"Um homem foi visto buscando-a em seu carro. Ele era baixo e gordo e dirigia um 4x4 — um carro grande. Eu achei que talvez ele fosse um cliente..."

"Não, não. Talvez seu advogado. Ele dirige um carro grande." Amena pensou por um momento e depois qualificou: "Mas ele não é gordo. Eu não lembro o nome. Ele não é meu advogado; minha advogada é uma mulher."

"Você tem ideia de quem poderia ser o homem no carro grande? Poderia ser alguém que Elena conhecia?"

Amena balançou a cabeça. "Não, acho que não."

Hulda decide pôr fim à conversa. Sua claustrofobia estava tão forte agora que ela estava encharcada de suor e com a mente exaurida. Antes que pudesse dizer outra palavra, porém, Amena a interpelou: "Ouça, você precisa me ajudar. Eu ajudo você. Não posso ir para casa. Não posso!" O desespero em sua voz provocou uma onda instintiva de piedade em Hulda.

"Bem, eu não deveria... mas eu mencionarei isso ao policial de plantão. Ok?"

"Pede que ele me ajude. Diz que eu ajudo você. Por favor."

Hulda aquiesceu, então, mudando de assunto, perguntou: "Você faz ideia do que de fato aconteceu com Elena? Alguém tinha motivo para assassiná-la, e, em caso afirmativo, quem?"

"Não", Amena respondeu de pronto. "Nenhuma ideia. Ela só conhece esse advogado. Ela não tem inimigos. Garota muito boa."

"Entendo. Bem, agradeço por falar comigo. Espero que as coisas deem certo para você. Foi bom encontrar alguém que conhecia Elena. O que aconteceu com ela foi muito triste. Vocês eram amigas próximas? Melhores amigas?"

"Melhores amigas?", Amena balançou a cabeça. "Não, mas boas amigas. A melhor amiga dela é Katja."

"Katja?"

"Sim, russa também."

"Russa?" Hulda ficou tão assustada que esqueceu por um momento de sua sensação de asfixia. "Eram duas garotas russas?"

"Sim. Elas vêm para cá juntas, Katja e Elena."

Inferno, Hulda pensou: Katja provavelmente havia deixado o país meses antes, o que era frustrante, já que Hulda necessitava falar com ela. Ela precisa se aproximar da vítima, ter uma noção melhor do que se passava pela sua cabeça, com quem se relacionava, se estava com medo de alguém, e se foi traficada para trabalhar na indústria do sexo.

"Você sabe onde Katja está?", ela perguntou, assumindo que a resposta seria não. "Ela teve residência permanente concedida também?"

"Eu não sei. Ninguém sabe."

"Como assim?" Hulda sentiu seu coração acelerar, embora agora, com entusiasmo em vez de pânico.

"Ela desaparece."

"Ela desapareceu? Explique melhor, por favor."

"Sim, desaparece. Ou foge. Talvez, está escondida. Ou deixa o país. Não sei."

"Quando isso aconteceu?"

A garota franziu a testa. "Antes de Elena morrer. Algumas semanas antes. Talvez um mês. Não tenho certeza."

"Vocês não se preocuparam? Como a polícia reagiu?"

"Sim... sim, claro. Mas ela apenas foge. Eu devia ter feito o mesmo... E ninguém a encontrou, eu acho."

"E Elena, como ela recebeu a notícia? Você disse que eram melhores amigas."

"Bem... A princípio ela fica zangada. Ela acha Katja boba. Acha que as duas recebem permissão para ficar. Mas então..." O rosto de Amena ficou sério. "Então ela fica preocupada. Muito preocupada."

"Havia alguma explicação para o desaparecimento dela?" Hulda perguntou, sem esperar uma resposta.

Amena balançou a cabeça. "Ela apenas vai, ela não quer que ninguém a mande embora do país. As pessoas estão..." Ela procurou a palavra. "Desesperadas. Sim, todos estão desesperados."

"Como Katja era?"

"Legal. Amiga. Muito bonita."

"Seria possível que ela estivesse trabalhando como prostituta, e não Elena?"

"Não. Não, eu não acredito nisso."

"Entendo." Hulda estava mergulhada na entrevista, todavia agora a sensação de claustrofobia tomou conta dela com força total.

Agradecendo Amena profusamente por sua ajuda, chamou Óliver na porta e esperou, tremendo de nervoso, para que lhe abrisse e lhe deixasse sair.

"Você se lembra", Amena disse, quebrando o silêncio. "Você vai me ajudar."

"Sim, vou: Farei o melhor que puder."

Nesse momento, a porta se abriu.

"Conseguiu o que queria?" Óliver perguntou, sem nenhum interesse real.

"Você e eu precisamos conversar. Agora.." Hulda retrucou, com o tom de um superior se dirigindo ao subordinado.

Ela deu uma olhada para trás antes de Óliver trancar a cela, e viu a menina síria emoldurada por um instante pela porta. Em seu rosto, a imagem do desespero.

VI

O rio havia emergido na superfície agora, e eles estavam caminhando ao longo de suas margens no meio de um vale estreito cercado por montanhas.

"Olhe", ele disse de repente, gesticulando para a escuridão. "Ali há uma cabana."

Ela forçou os olhos na direção que ele estava apontando, olhando através da leve névoa de neve, mas só quando se aproximaram, ela foi capaz de distinguir um pequeno ponto preto que pouco a pouco tomava forma contra o pano de fundo branco, revelando-se um telhado inclinado no topo de paredes de madeira escura; uma pequena cabana, longe da civilização.

Quando chegaram lá, encontraram as janelas e a porta cobertas por neve. Ele raspou os cantos da porta, porém ela estava congelada e foi aberta apenas depois de uma luta prolongada. Uma vez lá dentro, ela tirou a mochila, aliviada por estar livre daquele peso. Estava escuro como breu, entretanto os raios de suas lanternas iluminavam o interior onde quer que alcançassem, revelando beliches com lugares para dormir para quatro pessoas, talvez mais. Ela afundou em um dos finos colchões para recuperar o fôlego.

A cabana era primitiva ao extremo. Não tinha nada além de uma pequena mesa, algumas cadeiras e os beliches. Presumo que ideia era fornecer abrigo básico para os viajantes — uma maneira de sobreviver ao deserto islandês —, em vez de qualquer tipo de conforto.

"Você poderia nos trazer um pouco de água?" Ele lhe entregou a garrafa vazia.

"Água?"

"Sim. Desça até o rio."

Embora assustada com o pensamento de ter que voltar lá fora, escuridão adentro, dessa vez sozinha, ela obedeceu, armada apenas com a lanterna. A cabana ficava em uma encosta, e a descida para o riacho era íngreme. Ela foi descendo, dando pequenos passos, já que era escorregadio e ela não estava mais usando grampos: eles os tiraram, uma vez que a parte mais difícil da rota ficou para trás. A última coisa que queria era cair e deslizar ladeira abaixo, aterrissando na neve fria e úmida.

Tendo chegado em segurança à margem do rio, ela mergulhou a garrafa na água gelada e esperou que ela enchesse, então esperou um momento e deu o primeiro gole. A água era pura, límpida e muito fria, vinda direto da geleira, maravilhosamente refrescante após uma longa caminhada.

De volta à cabana, ela tirou sua jaqueta, ainda suando da subida da encosta do rio. Seu companheiro estava ocupado acendendo velas: ele explicou que não havia eletricidade ou água quente na cabana. Ela se juntou a ele e logo havia dez chamas pequenas e cintilantes ajudando a dissipar a escuridão, embora não emitissem muito calor.

"Você deveria colocar seu casaco de volta", ele disse, "ou logo começará a sentir frio. A temperatura é a mesma aqui dentro e lá fora."

Ela assentiu, mas não obedeceu de pronto. Ela não conseguia encarar aquela jaqueta volumosa outra vez, não ainda.

Ele pegou um fogão que chamava *sprittprímus*, em islandês, dizendo que não sabia traduzir o nome, acendeu e esquentou alguns feijões cozidos. Ela devorou os dela. Estavam deliciosos, acompanhados de água fria do rio, o que lhe trouxe satisfação, uma que não durou muito. Pouco a pouco, o frio começou a consumir seus ossos com a inatividade. Mais valia estarem sentados lá fora na neve do que nesta cabana sem aquecimento.

Quando ela recolocou seu casaco já era tarde demais, o frio tinha cravado suas garras nela. Batendo os dentes, ela caminhou para lá e para cá no pequeno espaço, fazendo o possível para recuperar a circulação nos dedos das mãos e dos pés.

"Irei ferver um pouco de água para você", ele disse. "Você gostaria de tomar um chá?"

"Seria ótimo."

Cada gole de chá enviava uma pequena corrente de calor para dentro de seu corpo congelado, mas minutos depois o tremor se reafirmava.

De repente, ele se levantou e pegou sua mochila.

"Tenho algo..." ele começou, hesitantemente, quase como se estivesse envergonhado. "Tenho algo para você."

Ela não tinha certeza de como reagir. A voz dele era amigável; não havia nada a temer, ela sentiu. Ele comprou um presente para ela? Por quê? Ela não tinha nada para ele.

Ele abriu a mochila e começou a remexer dentro dela, procurando por algo com fúria.

"Desculpe... Está em algum lugar por aqui... Desculpe."

Ela esperou, apesar de ansiosa.

Finalmente, ele a presenteou com uma pequena caixa, embrulhada no que parecia — na penumbra — um tipo de papel dourado.

"Para você." Ele quase gaguejou. "É apenas uma coisinha, nada demais."

"Por quê?" Ela queria perguntar, mas não perguntou.

"Obrigada", ela sussurrou, e aceitou a caixa, desembrulhando-a sem jeito, com os dedos frios. Dentro havia uma pequena caixa preta que parecia conter algo de uma joalheria.

"Devo abri-la?", ela perguntou, esperando que a resposta fosse não.

"Sim, sim, vá em frente."

Dentro tinha um par de brincos e um pequeno anel.

Que significava isso?

Ela não disse nada, só ficou olhando para os presentes. Ela esperava que não fosse um anel de noivado ou algo do tipo. Porém não, claro que não poderia ser...

Ela olhou para cima. Ele a estava observando.

"Desculpe, quando estava comprando coisas para a viagem, vi essa peça num shopping. Aí eu pensei que você pudesse precisar de algo bonito, sabe. Você pode devolver para a loja se quiser, pegar outra coisa no lugar, uma pulseira, sapatos, o que quiser... você quem sabe."

"Obrigada", ela respondeu, e um silêncio constrangedor surgiu.

"Vamos começar amanhã cedo", ele disse, mudando de assunto apressadamente. "É melhor ter uma boa noite de sono."

VII

"Espero que tenha ouvido algo útil", Óliver disse, com um sorrindo com tolerância para Hulda. "Se não tiver mais nada em que possa ajudar, tenho outro trabalho para dar continuidade."

Ignorando sua dica, Hulda perguntou: "Você sabe de algo sobre uma garota russa que desapareceu do albergue para requerentes de abrigo no ano passado?"

"Sumiu? Bem... sim, agora que você mencionou isso, me lembro que fizemos um apelo para obter informações sobre um requerente de abrigo desaparecido. Uma garota. Embora não me lembre de onde ela era."

"Você poderia procurá-la?" Óliver revirou os olhos. "Sim, suponho que sim. Deixe-me seu número de telefone e, quando tiver um minuto, eu ligo." Ele deu a ela o mesmo sorriso irritantemente condescendente.

"Você poderia procurar agora?", Hulda disse em um tom de autoridade tão forte que ele deu um pulo.

"Agora? Hããã, certo, eu creio..."

Ele se sentou em frente ao computador com ar de resignação.

Depois de um tempo digitando e clicando, ele disse: "Sim, ela era russa."

"Katja?", Hulda perguntou.

Ele olhou para a tela. "Sim, isso mesmo."

"O que aconteceu?"

"Preciso ler primeiro", ele disse irritado.

Hulda suspirou.

"Sim, parece que a perdemos", ele confirmou.

"Vocês a perderam?" Hulda repetiu, escandalizada com essa escolha de palavras.

"Sim, ela nunca mais voltou ao albergue. Isso acontece, embora não sempre. Algumas vezes é apenas um mal-entendido, outras tentam dar um tempo, esquecendo que moramos em uma ilha. Elas sempre voltam a aparecer." Depois de um tempo, ele considerou: "Quase sempre."

"Entretanto, ela não voltou."

"Na verdade, não. Pelo menos, ainda não. Mas nós a encontraremos."

"Já se passou um ano. Você ainda tem esperanças quanto a isso?"

"Bem, eu não estava cuidando do caso, então não sei."

"Quem deveria estar cuidando dele então?", Hulda perguntou com impaciência.

Óliver balançou a cabeça. "Parece que ninguém está cuidando dele, não de modo direto. O arquivo ainda está em aberto. Ela tem que aparecer eventualmente."

"Entendo."

"Talvez ela tenha deixado o país", ele sugeriu, olhando esperançoso. "Pelo mar? Quem sabe? Isso resolveria o problema, por assim dizer." Ele sorriu.

"Eles procuraram por ela?"

"Não de forma sistemática, pelo que posso ver. Nós fizemos algumas perguntas por aí, mas não encontramos nenhuma pista real."

"Quer dizer que ninguém estava preocupado em encontrá-la, pois tinham outros assuntos mais urgentes para resolver?"

"Podemos colocar dessa maneira", Óliver respondeu, sem demonstrar o mínimo de vergonha ao dizer isso. Embora, para lhe dar crédito, ele pelo menos começou a levá-la mais a sério. Talvez ela tenha sido um pouco dura com Óliver;

via de regra, ela não era tão rude, mas os últimos dias tinham sido bastante difíceis.

"Você não poderia me dar uma carona, poderia?", ela perguntou, mais educada do que antes. Ainda estava cansada e consciente de uma pulsação maçante atrás dos olhos.

"Para onde?"

"Para a enseada onde o corpo de Elena foi encontrado. Como chamava mesmo? Flekkuvík?"

Óliver a olhou como se estivesse a ponto de recusar, no entanto o pedido veio apoiado por uma carranca feroz, mostrando que ela não aceitaria um não como resposta. Por fim, ele concordou com má vontade.

"Ok, então, vamos andando."

VIII

Ele subiu no beliche acima dela. Embora a proximidade a tivesse deixado com um descomunal desconforto, não havia muito o que pudesse fazer.

Ela havia colocado uma das velas na cadeira ao lado da cama para ter um pouco de luz. As lanternas estavam sobre a mesa, onde as havia colocado depois de desligá-las, insistindo que eles deveriam poupar bateria. Ela lutou dentro de seu saco de dormir, o que não foi uma tarefa fácil, estando embrulhada em um *jumper* grosso e roupa íntima de lã, ela se contorceu para baixo o máximo que pôde. Então ela assoprou a vela, e a escuridão se fechou, aliviada apenas depois de um momento pelos tênues contornos cinzas da janela.

Cruzes, ela estava tão fria, tão terrivelmente fria. O frio parecia se espalhar por todo seu corpo. Ela tentou fechar o zíper do seu saco de dormir até o pescoço, apertando-o com firmeza ao redor dela para que o calor não escapasse, até que optou por enfiar a cabeça dentro dele também, fechando a abertura até que houvesse apenas um pequeno buraco para o nariz e a boca. No entanto, mesmo assim ela não conseguia se aquecer.

Ela costumava cair rápido no sono, mas não nestas terras estranhas. Ela estava deitada, esperando o sono chegar, tentando superar a sensação de sufocamento. Em vão.

IX

Dez minutos depois de deixar Keflavík, eles pegaram o desvio para Vatnsleysuströnd.

"Apenas mais cinco minutos ao longo da costa", disse Óliver, soltando um suspiro. "E depois disso você fará uma pequena caminhada até o mar, caso esteja se sentindo entediada."

"Nós faremos uma caminhada, você quis dizer", disse Hulda, como se nada pudesse ser mais natural que isso. "Você vem comigo para me mostrar o local."

Óliver deu um aceno resignado.

Ele estacionou ao lado de uma trilha que parecia levar para baixo, em direção à costa. Havia sido bloqueada com uma pilha de pedras. "É o mais longe que podemos ir de carro", ele disse. "Não há como contornar a barreira."

A enseada estava mais longe do que Hulda esperava, e o tempo também estava péssimo. Será que iria mesmo passar por isso?

"Quanto tempo vamos demorar para chegar lá?", ela questionou.

Óliver a mediu de cima a baixo, sua expressão traía o que estava pensando: quão rápido uma velha como você poderia se movimentar.

"Uns quinze minutos mais ou menos", ele palpitou; então, olhando para seu relógio, acrescentou: "Olha, eu de fato não tenho tempo para isso e, de qualquer maneira, não há nada para ser visto lá embaixo."

Foi a reação dele que pesou na balança. Ele a estava irritando tanto — embora, para ser justa, isso podia ser em parte culpa de sua ressaca — que decidiu que fazia muito bem arrastá-lo até o mar.

"Nós teremos que nos esforçar", ela disse, saindo do carro e seguindo o caminho. Uma olhada por cima do ombro revelou que Óliver a estava seguindo, ainda que com relutância. Ainda estava chuviscando, e o vento soprava forte na costa, mas ela achou o efeito revigorante. Com sorte, ela iria rebentar as teias de aranha e, junto com elas, o resto de sua dor de cabeça. Estar perto do mar também melhorou seu humor: ela podia sentir sua tensão diminuindo a cada passo. Eles caminharam através da trilha pedregosa, cabeças para baixo por conta do vento, cercados de ambos os lados pelo campo de lava alcatifado de musgo, que possuía sua própria marca de desolação e beleza. Além do estranho pássaro voando acima, ela e Óliver eram as únicas figuras em movimento na paisagem. Você nunca adivinharia que havia fazendas não muito longe, uma vez que aquela área era tão fora de mão. Enquanto caminhava, Hulda se perguntou que diabos Elena estava fazendo em um lugar tão solitário: ela veio aqui por vontade própria e morreu por acidente? Ela tirou sua própria vida, ou foi atraída até aqui e assassinada por um desconhecido?

"Você não encontrou um veículo por aqui, encontrou?", Hulda perguntou aumentando o tom de voz para ser ouvida acima do vento.

"O quê? Não", grunhiu Óliver, com os ombros curvados e a expressão azeda, transmitindo a mensagem que ele tinha coisas mais importantes para fazer do que descer até a praia com uma velha feia do DIC de Reykjavík.

Devem estar a mais de vinte quilômetros do albergue de Njardvík, Hulda refletiu: não que você pudesse chamar isso de uma curta distância. Neste, como em outros aspectos, o relatório de Alexander tinha sido deficiente, deixando de identificar o local exato onde o corpo tinha sido encontrado. Alguém deve ter dado uma carona à Elena — era lógico. Além disso, foi significativo que o trecho final até o mar era intransitável para veículos, embora Alexander tivesse omitido esse detalhe também.

"Essa pista foi fechada recentemente?", Hulda perguntou.

"Oh, não, isso foi há anos. Ninguém mora nesta região hoje em dia. Não há nada por aqui, exceto algumas construções abandonadas."

"Então é improvável que alguém tenha arrastado um cadáver até a praia?"

"Você está louca? Ela deve ter morrido na enseada. Se você me perguntar, direi que foi um acidente ou suicídio. Você está perdendo seu tempo tentando resolver um crime que nunca foi cometido", ele acrescentou sem rodeios. "Há mais casos do que o suficiente para darmos continuidade."

O cenário era sombrio e inóspito; apenas uma estranha planta resistente agarrada aqui e ali, e uma árvore solitária e esquelética.

Não demorou muito para chegarem às construções, que estavam inequivocamente abandonadas. Apenas uma, uma casa de dois andares, nada mais era do que uma concha oca: seu telhado de duas águas ainda intacto, mas os blocos de concreto cinza de suas paredes desnudadas pelos elementos, suas janelas e portas com buracos que permitiam ver através deles. A outra casa era menor, térrea, com um telhado vermelho e pintura branca descascando em suas paredes. Uma vez ao lado delas, Hulda parou para fazer um balanço dos arredores, percebendo que eles não podiam ser vistos por ninguém. Até mesmo o carro de polícia estacionado na estrada estava fora de vista. Mais do que nunca ela estava convencida de que Elena tinha sido assassinada nesse local esquecido por Deus, sem testemunhas. Por que raio você está aqui, Elena? Ela perguntou a si mesma. E quem estava com você?

Se era inóspito e solitário agora em maio, o que teria sido quando Elena esteve aqui no meio do inverno? O que teria passado em sua cabeça? Ela tinha alguma noção do que iria acontecer? Era importante lembrar que ela tinha acabado de ficar sabendo que tinha sido autorizada a permanecer na Islândia. Ela deveria estar nas nuvens, e, talvez, isso a tenha tornado mais descuidada do que o habitual, então não percebeu o risco de sua companhia até...

"Foi por pura sorte que o corpo foi encontrado tão cedo", Óliver disse, interrompendo sua linha de raciocínio. "Poucas pessoas vêm aqui, em especial no inverno, mas um grupo de caminhantes tropeçou nela. Eles ligaram para a polícia, e eu e meu parceiro viemos até a cena."

Assim que ele falou, a enseada entrou no campo de visão.

Embora não fosse muito grande, era bonita, um tipo austero de caminho, e o mar tinha um ar de tranquilidade, apesar da ventania fustigante. Hulda experienciou uma sensação momentânea de bem-estar, a visão e o cheiro do mar, por um momento, a transportaram de volta à sua antiga casa em Álftanes, no seio de sua família, nos dias anteriores ao desastre. Então, a sensação passou e seus pensamentos retornaram a Elena, que deve ter estado neste mesmo local, mais de um ano atrás, visto a mesma paisagem, talvez experimentado a mesma sensação de paz.

"Eles a encontraram deitada de bruços na praia. Ela tinha ferimentos na cabeça, embora não haja como saber com exatidão por que ela os tinha. É provável que tenha caído, batido a cabeça e desmaiado. A causa da morte foi afogamento."

Hulda começou a caminhar com cautela pelas pedras escorregadias em direção à beira do mar, sentindo necessidade de chegar o mais perto de Elena possível, mesmo que seu corpo já não estivesse mais ali.

"Por favor, tenha cuidado!", Óliver gritou. "Não vou carregá-la de volta para o carro se você quebrar uma perna."

Hulda parou. Já tinha ido longe o bastante. Ela conseguia imaginar Elena deitada ali na água rasa. O mar era tão implacável: dava vida aos islandeses, mas cobrava um preço alto. Ela olhou para a baía de Faxaflói em direção à grande parte coberta de neve do Monte Esja, seu coração sofrendo não apenas por Elena, mas por si própria. Ela sentia falta da vida que tinha, dos velhos tempos, e embora tenha ganhado um novo amigo em Pétur, ela se sentia tão sozinha no mundo. O sentimento nunca tinha sido tão forte quanto naquele momento.

X

"Bem, isso foi uma perda de tempo", Óliver resmungou, enquanto voltavam para o carro patrulha.

"Eu não teria tanta certeza", Hulda disse.

"Onde você deixou seu carro? Na delegacia?"

"Eu... eu não vim de carro", ela admitiu, um pouco envergonhada, tentando fingir que esta era uma maneira normal de trabalhar.

Ela pensou ter detectado um sorriso malicioso no rosto de Óliver.

"Devo levá-la de volta para Reykjavík?", ele ofereceu, sem grande entusiasmo. "Não é tão longe agora que já percorremos todo esse caminho."

"Obrigada, mas eu tenho que passar no albergue em Njardvík. Seria ótimo se você pudesse me dar uma carona até lá."

"Tem razão", ele disse.

Embora a chuva tivesse dado uma trégua, as nuvens ainda estavam pairando sobre Keflavík, ameaçando chover a qualquer minuto.

Tendo chegado ao destino, Hulda disse: "Muito obrigada por sua ajuda", e saiu do carro. Ela ainda viu Óliver partir.

A última morada de Elena.

No pouco tempo que se passou desde que Hulda resolveu investigar a morte de Elena, ela desenvolveu um forte sentimento de conexão com a jovem. E agora, enquanto estava do lado de fora do albergue na repentina primavera chuvosa, o sentimento estava mais forte do que nunca. Ela não poderia desistir agora, não quando todos os seus instintos lhe diziam que ela estava se aproximando da verdade. Entretanto ela estava com medo de que este dia, seu último dia, não fosse suficiente.

Como se viu, ela estava com sorte. Dóra estava sentada na recepção, absorta em um jornal.

"Olá, de novo", Hulda disse.

Dóra olhou para cima. "Ah, olá. Voltou?"

"Sim. Só preciso dar uma palavrinha com você. Alguma novidade?"

"Novidade? Não, nunca há novidades por aqui." Dóra sorriu e fechou o jornal. "Novas pessoas, mas sempre a mesma velha rotina. Ou você estava falando sobre, você sabe, algo a ver com Elena?"

"Na verdade, eu estava."

"Não, nenhuma novidade. Como a sua investigação está caminhando"

"Chegando lá, devagar", Hulda disse. "Olha, podemos sentar por um minuto e bater um papo?"

"Claro, puxe uma cadeira, há um banquinho ao lado do telefone." Dóra gesticulou para uma mesa próxima ao balcão da recepção, onde havia um telefone de mesa antigo e, ao lado dele, uma cópia encadernada da lista telefônica, uma visão rara nos dias de hoje.

"Na verdade, eu estava pensando em algum lugar, bem, um pouco mais privado", Hulda disse.

"Ah, nenhum dos residentes entende islandês. E eu prefiro não deixar a recepção desguarnecida, se puder evitar. Nós já conversamos tanto sobre isso que estou supondo que não vai demorar muito?"

"Não, não irá", disse Hulda, cedendo. Puxando o banco do telefone, sentou-se, de frente para Dóra, do outro lado do balcão da recepção.

"Fale-me sobre Katja."

"Katja? Aquela que fugiu?"

"Exato."

"Sim, lembro-me dela. Russa, como Elena. Elas eram boas amigas, eu acho. Daí um dia ela simplesmente desapareceu."

"O desaparecimento dela foi investigado?"

"Eu espero que sim. Um policial veio fazer perguntas, só que não pude lhe dizer nada. Eu achei que, talvez, ela estivesse se atrasado em algum lugar, porém ela nunca mais voltou. Não sei se eles a encontraram, mas estou segura de que ela nunca mais voltou."

"Ela ainda está desaparecida."

"Oh, certo. Sempre me dei bem com ela. Espero que esteja bem, onde estiver."

"Alguém relacionou o desaparecimento dela com a morte de Elena?"

"Bem, isso foi algum tempo depois." Dóra parecia pensativa. "Não, acho que não. E eu não mencionei isso quando seu amigo veio me interrogar a respeito de Elena."

"Alexander?"

"Sim. Ele não parecia ser um homem perceptivo. Não se mostrava muito interessado no caso. Acredito que você seja muito mais enérgica." Dóra sorriu. "Se alguém tivesse me matado, eu preferiria que você estivesse no caso."

Hulda não sorriu com o humor ácido. "Ontem", ela disse, "você me contou que Elena tinha entrado em um 4x4 com um estranho".

"Uhum", Dóra confirmou.

"Baixinho, gordo e feio", você disse.

"Isso mesmo."

"Bem, ontem à noite, eu encontrei um homem que está de algum modo ligado ao caso, então é possível que ele tenha encontrado Elena em algum momento. Ele também tem acesso a um 4x4." Hulda lembrou-se de que Dóra havia comentado que todos os 4x4 parecem iguais para ela. Talvez seja porque ela tenha visto o mesmo veículo mais de uma vez; talvez Baldur tenha ido buscar Elena no carro de seu irmão Albert. Ela logo descobriria. Hulda começou a vasculhar sua bolsa a procura de seu celular. Quando ela não conseguiu encontrá-lo, ela foi atingida pelo terrível pensamento de que pudesse tê-lo esquecido em casa, pois agora se deu conta de que não o tinha verificado durante toda a manhã.

"Desculpe", ela murmurou. "Só um segundo."

Ah, aqui está. Hulda soltou um suspiro de alívio. "É o seguinte, estou com a foto dele aqui, em algum lugar. Deixe-me ver..."

Nada aconteceu. A bateria acabou? Droga.

"Você não teria, por acaso, um carregador para um desses, teria?", ela perguntou a Dóra.

"Que se encaixe ali..." Ela indicou a tomada.

"Posso dar uma olhada?" Dóra pegou o telefone, apertou um botão e fez um barulho repentino. "Você tinha desligado."

Naquele momento, Hulda teve uma vaga lembrança de ter desligado o telefone na noite anterior. "Desculpe", ela disse, seu rosto ficando vermelho. Tudo estava dando errado.

Enquanto estava procurando pela foto, o telefone começou a fazer um bipe estridente para indicar uma mensagem de texto recebida. Então ele fez isso de novo e de novo e de novo.

"Que diabos está acontecendo?", Hulda disse em voz alta, falando consigo mesma. As mensagens abriram uma após a outra em sua tela.

ME LIGUE AGORA
ME LIGUE IMEDIATAMENTE!
VENHA ATÉ A DELEGACIA AGORA!
HULDA, ME LIGUE AGORA!

As mensagens eram todas de seu chefe, Magnús. E havia uma de Alexander, também: "Hulda, você pode me ligar? Quero falar com você sobre a investigação. Não há necessidade real de reabri-la." Ela decidiu não responder a Alexander, nem ligar para ele.

Não obstante ela não poderia ignorar as mensagens de Magnús. "Que diabos está acontecendo?"

Não que ela desse a mínima.

"Um minuto, Dóra. Preciso fazer uma ligação rápida." Com seu coração batendo forte, Hulda selecionou o número de Magnús, porém pensou por um momento. Ela queria falar com ele de verdade? Havia alguma maneira de ele ter boas notícias para ela? E se não, o que ele queria? Durante meses ele mal falou com ela, a deixou lidando com os casos sozinha, sem demonstrar o menor interesse por eles. Entretanto agora que ele a havia demitido — até parece! —, estava desesperado para entrar em contato com ela. Será que teria pisado no calo de alguém?

Ela se preparou e apertou o botão de ligar.

Magnús atendeu no segundo toque. O que era bem incomum.

"Hulda, onde você estava? Porra!" Ela muitas vezes o tinha visto perder a cabeça, mas, ao ouvir sua voz agora, ela percebeu que nunca o tinha visto tão sério e enfurecido antes.

Ela respirou fundo. "Eu dirigi até Reykjaness para ver onde o corpo de Elena foi encontrado e acompanhei algumas pistas. Você pediu para eu dar continuidade ao caso hoje."

"Pedi a você? Eu deixei: há uma diferença. E você disse pistas? Você está em uma missão impossível, Hulda! Ninguém assassinou aquela russa."

"Na verdade, eram duas mulheres", Hulda disse.

"Duas?" Do que está falando? De qualquer modo, isso é irrelevante. Você tem que vir aqui, agora. Você me ouviu!"

"Tem algo errado?"

"Pode apostar que algo está errado. Traga esse traseiro para cá agora mesmo. Precisamos conversar."

Ele desligou. Muitas vezes, ele não a tratou com justiça, ela sabia, porém nunca tinha sido tão rude. Algo estava muito errado.

Hulda sentou-se na recepção, em estado de choque. Não saber o que tinha acontecido a estava matando. Tudo que conseguia pensar era que devia ter algo a ver com Áki. Será que ela, involuntariamente, destruiu a investigação de seus colegas? Se sim, por que ele não poderia contar por telefone?

Por fim, encontrando sua voz, seu rosto queimando, Hulda disse: "Receio que tenha que correr."

"Sim, tenho a sensação de que você deveria. Quem quer que fosse, não parecia muito feliz!"

Hulda forçou um sorriso. "'Não."

"O que você queria me perguntar?"

"O quê? Ah, claro." Hulda olhou para baixo, para seu telefone e, por acaso, localizou a fotografia de Baldur Albertsson. "Está um pouco fora de foco, mas esse poderia ser o homem do 4x4?"

Dóra olhou brevemente para o telefone e então deu um aceno enfático.

Hulda olhou para ela, muito desconcertada.

"É ele", disse Dóra. "Sem sombra de dúvida."

XI

Ela acordou com um suspiro.

Era impossível respirar, ela estava sufocando. Levou um tempo para descobrir onde estava: encasulada em um saco de dormir, em uma cabana gelada, no meio da noite.

O frio era tão intenso que bloqueou seu nariz, por isso estava com dificuldade para respirar. Por um instante, ela se sentiu presa no saco de dormir e se sacudiu freneticamente para alargar a abertura, sentindo-se à beira de um ataque de nervos. Ela teve que libertar sua cabeça para poder respirar.

Por fim, conseguiu.

Sentando-se um pouco, ela tentou se acalmar, diminuir a batida frenética de seu coração.

Seu casaco, o qual estava usando como travesseiro, ficou desconfortável. Ela o dobrou em duas partes para torná-lo o mais macio possível. Em seguida, deitou-se outra vez, puxando o saco de dormir até seu queixo, deixando sua cabeça descoberta dessa vez e se concentrando em tentar voltar a dormir.

XII

Hulda pediu um táxi para Reykjavík: o DIC poderia pagar. Ela supôs que poderia ter ligado para Óliver e aceitado sua oferta, mas isso teria levado mais tempo, e ela estava com pressa.

Para seu grande alívio, o motorista que a pegou não mostrou nenhuma propensão a conversar, deixando-a livre para pensar. No meio do caminho de volta a Reykjavík, ela se deu conta de que não conseguiu manter a palavra com Amena: tinha prometido dizer a Óliver que ela tinha ajudado a polícia, porém depois se esqueceu disso, muito preocupada com seus próprios problemas. Ela tinha sentido tanta pena de si mesma durante todo o dia, que agora estava com sentimento de culpa. A pobre Amena não tinha muitos aliados neste país, e Hulda poderia ter feito algo para ajudá-la, um pequeno favor. Ela estava inteiramente focada em salvar Elena, embora fosse muito tarde para isso. Entretanto Amena ainda estava viva, e Hulda teve a chance de corrigir esse erro; ela resolveu ligar para Óliver mais tarde, só não agora.

O céu estava brilhando: felizmente, eles tinham deixado a garoa para trás, em Reykjanes.

Com os nervos ainda à flor da pele por conta da conversa telefônica com Magnús, não havia chance de cochilar durante a viagem. A adrenalina corria-lhe nas veias, e a mente estava acelerada. Ela não fazia ideia do que estava por vir, então, preparada para o pior, decidiu que seria melhor ligar para Pétur.

"Hulda, que surpresa maravilhosa", ele disse, soando mais otimista do que nunca. "Como as coisas estão?"

"Corridas, na verdade", ela disse. Era um alívio ouvir uma voz amiga e saber que, nele, ela havia encontrado alguém em que pudesse confiar, alguém com quem pudesse conversar. Era uma sensação de aconchego.

"Estou ansioso para esta noite. Reservei uma mesa."

"Sim, sobre isso... há alguma maneira de adiar nosso encontro para amanhã? Eu não tenho certeza de como o meu dia vai terminar."

"Ah, entendo." A decepção era clara em sua voz. "Sem problema."

"Poderia ligar para você assim que estiver livre? Poderíamos comer alguma coisa."

"Sim, isso parece bom. Mas não poderemos adiar para amanhã: terá que ser no dia seguinte."

"O quê?"

"O jantar no Hotel Holt. Não poderemos adiar para amanhã porque iremos escalar o Esja amanhã à noite. Você se esqueceu?"

"Ah, sim, claro, então vamos." Hulda respondeu com o pensamento tomado por uma onda de antecipação feliz, ansiosa tanto para a caminhada quanto para passar tempo com Pétur.

"Ligo mais tarde, então", Pétur disse.

"Sim, espero não chegar muito tarde", Hulda disse, grata por ele ter reagido tão bem à mudança de planos.

Eles desligaram, e Hulda ficou tornou a ficar sozinha com seus pensamentos. Uma parte dela queria dar ao taxista um destino diferente, com medo de seu próximo encontro com Magnús. Sua completa ignorância em saber o porquê de ele querer encontrá-la só piorou as coisas. Se apenas ela pudesse ir para casa, relaxar, recuperar a compostura e nunca mais aparecer nas portas do DIC... Nunca mais ser forçada a lidar com seu chefe inútil, nunca mais ter que ouvir suas reprimendas. No entanto isso significaria abandonar Elena ao deus-dará e, talvez, permitir que seu assassino continuasse à solta por aí.

Ela sabia muito bem que isso não era uma opção: ela era uma pessoa obstinada, sempre foi assim. Então ficou sentada lá, em silêncio, enquanto o táxi corria, os campos de lava de Reykjanes dando lugar aos subúrbios de Reykjavík, uma mistura de blocos de apartamentos e grandes casas isoladas com quintais onde as famílias podem curtir um churrasco, agora que o tempo estava melhorando; o tipo de vida que Hulda havia perdido.

Assim que entrou na delegacia, foi preparando sua mente para a tempestade que se aproximava, e se deu conta de que algo tinha mudado. O clima estava pesado. Ela foi direto para o escritório de Magnús, não olhando para a direita e nem para a esquerda, evitando os olhos de seus colegas. Pela primeira vez, porém, ele não estava lá. Confusa, Hulda olhou em volta sem jeito, antes de decidir falar com o segundo em comando, que ocupava o escritório menor, ao lado. Outro jovem, cuja ascensão na carreira tinha sido mais meteórica do que Hulda jamais teria sonhado ser possível.

Ela foi poupada do esforço de ter que explicar o que estava fazendo lá. Ele começou a falar no momento em que a viu, e ficou claro, pela sua expressão, que ele não a invejava pelo encontro iminente. "Maggi está lhe esperando na sala de reuniões." Ele lhe disse em qual delas, balançando a cabeça como se sugerisse que a batalha que Hulda estava prestes a travar já estava perdida.

Como um prisioneiro condenado indo ao encontro da forca, ela caminhou em direção à sua desgraça com lentidão onírica, ainda no escuro, sem saber o que estava acontecendo.

Magnús estava sozinho na sala. Pela sua cara, era óbvio que ele estava de mau humor. Antes que pudesse cumprimentá-lo, ele perguntou secamente: "Você falou com alguém?"

"Falou com alguém?", ela repetiu, confusa.

"Sobre o que aconteceu ontem à noite."

"Receio que não faça ideia do que aconteceu", ela disse.

"Bem. Sente-se."

Ela se sentou do outro lado da mesa de Magnús. Havia alguns papéis em frente a ele, porém a visão de Hulda não era mais a mesma, e ela não conseguia ver o que era.

"Emma Margeirsdóttir", ele disse devagar, após uma longa pausa, com os olhos descansando sobre os papéis.

O sangue de Hulda gelou quando ouviu o nome.

"Você sabe quem ela é, não sabe?"

"Oh, céus, aconteceu alguma coisa com ela?" Hulda perguntou com uma voz beirando o colapso.

"Você a conheceu, não é?"

"Sim, claro. Mas você sabia disso. Eu já lhe contei."

"Sabia." Ele admitiu e permitiu que um silêncio se desenvolvesse. E continuou. Com certeza, ele estava esperando cercar Hulda com suas próprias táticas, mas ela não iria cair nisso; ela estava determinada a forçá-lo a dar o próximo passo.

Por fim, ele cedeu primeiro. "Você a interrogou, não foi?"

"Sim, interroguei."

"E você me contou, se não me falha a memória, que não obteve nada de interessante no interrogatório."

Hulda assentiu, sentindo o suor escorrer. Ela não estava acostumada a ser alvo de um interrogatório, e esse "bate-papo" afigurava-se com um.

"Nem perto de resolver isso — essas foram suas palavras exatas, não foram?"

Mais uma vez, ela assentiu. Magnús esperou que ela respondesse e, dessa vez, não conseguiu aguentar a pressão: "Isso mesmo."

Depois de mais uma pausa, Magnús disse, em um tom um pouco mais gentil que antes: "Sabe, estou um pouco surpreso com você, Hulda."

"Por quê?"

"Achei que você fosse uma das melhores do ramo. Na verdade, sei que você é. Você provou isso em inúmeras oportunidades ao longo dos anos."

Hulda esperou, sem saber como reagir a isso, um dos primeiros e únicos elogios que ele já tinha dado a ela.

"É o seguinte, ela confessou."

"Confessou?" Hulda não podia acreditar no que estava ouvindo. Isso era possível? Depois de tudo o que aconteceu; depois de Hulda ter arriscado o pescoço para poupar a mulher.

"Sim. Nós a prendemos na noite passada, e ela admitiu ter atropelado aquele homem, aquele maldito pedófilo. Naturalmente, ela tem minha simpatia, mas o fato inevitável é que ela atropelou o homem de propósito. O que você me diz?"

"É inacreditável", Hulda disse, esforçando-se, sem dúvida falhando na tentativa de produzir um tom convincente.

"Sim, inacreditável. Porém ela tinha um motivo poderoso, que ambos conhecemos."

"Sim, ela tinha." Hulda se esforçou para respirar com calma.

"Ela terá que cumprir pena. E seu filho, bem, quem sabe o que acontecerá com ele? É difícil, Hulda, não concorda?"

"Sim, claro. Eu não sei o que dizer..."

"Não se pode deixar de simpatizar com ela."

"Bem, suponho que..."

"Você tem fama disso, Hulda: dar às pessoas o benefício da dúvida, evitando julgamentos. Estou bem ciente disso, embora, infelizmente, nunca nos conhecemos tão bem quanto poderíamos."

Infelizmente. Que hipocrisia.

"Você deu a ela um passe livre?"

"O que quer dizer?"

"Durante o interrogatório."

"Não, longe disso. Fui muito dura com ela, considerando as circunstâncias."

"Sem resultado?"

"Sim."

"É o seguinte, Hulda, tem uma parte que não entendi muito bem", ele disse, juntando as sobrancelhas e empregando aquele tom paternalista familiar que tantas vezes usou. "Veja, Emma afirma que confessou durante a conversa de vocês..."

Era como se Magnús tivesse arremessado uma granada de mão dentro da sala. Hulda sentiu os joelhos fraquejarem. Havia algum jeito de sair dessa? Quanto que Emma falou? Por que ela traiu Hulda dessa maneira? Era incompreensível.

Ou Magnús estava blefando, na tentativa de descobrir a verdade?

Tentando enganar Hulda para que admitisse má conduta?

O problema era que ela não conseguia ler suas expressões, não sabia qual movimento deveria fazer em seguida. Ela deveria tirar tudo a limpo ou continuar mentindo para ele e negando tudo?

Hulda esperou um pouco antes de responder. "Bem", ela disse, "para falar a verdade, ela não foi muito precisa. Claro, ela ainda estava angustiada com as fotos que encontramos de seu filho. É possível que ela tenha a impressão de que tenha confessado algo, mas não foi o que me pareceu durante nossa conversa". Ela enxugou o suor em sua testa.

"Sei." O rosto de Magnús pareceu impassivo.

Ele era muito bom nisso, Hulda percebeu: ela o subestimara.

"Então, foi tudo um mal-entendido? Seria isso?"

Hulda teve a sensação de que estava se enfiando cada vez mais fundo dentro de um buraco com cada pergunta que respondia. Ela se sentiu desconfortável no escritório de Magnús, como se estivesse presa lá.

"Deve ter sido. Você tem absoluta certeza de que ela fez isso, quero dizer, o atropelou? Independente da confissão dela?"

"O que você está insinuando?", ele perguntou, parecendo mais curioso do que surpreso.

"Talvez ela quisesse apenas chamar a atenção, uma vez que já tinha confessado antes." Hulda continuou tentando descará-lo, embora tudo o que queria a essa altura do campeonato era ceder e admitir tudo.

"Ela foi responsável pelo atropelamento com toda certeza, não acho que reste nenhuma dúvida a respeito disso. Mas essa não é a principal questão."

"Oi?"

"Ela tinha mais para me contar..."

Ao ouvir isso, o coração de Hulda começou a bater tão rápido que pensou que fosse desmaiar, e Magnús prolongou a situação, como se estivesse gostando de assistir Hulda se contorcer.

"Emma me disse que você entrou em contato com ela mais tarde, naquela mesma noite, após o interrogatório. Está correto?"

"Não me lembro. Sim, talvez, para checar alguns detalhes para meu relatório."

"Hulda, ela afirma que você ligou para dizer lhe para não se preocupar com a confissão. Que você não levaria adiante." E agora ele aumentou o tom de voz, seu rosto fechado. "É possível isso, Hulda? Existe a menor possibilidade de que ela esteja dizendo a verdade?"

Como ela deveria responder a isso? Arruinar seus registros às vésperas de se aposentar, tudo por conta de um ato de bondade que repercutiu nela? Ou continuar negando? Afinal, era a palavra de Emma contra a dela.

Para ganhar tempo, ela optou por não dizer uma palavra.

"Você sabe o que eu acho, Hulda? Eu acho que você sentiu pena dela. Ninguém sente pena de um pedófilo — não eu, não você —, mas isso não significa que podemos fazer justiça com as próprias mãos. Se você me perguntar, acho que sua simpatia por essa mulher a levou a ultrapassar os limites. O que posso compreender, de certa maneira." Ele fez uma breve pausa, momento em que Hulda permaneceu obstinadamente muda. "Ela seria presa, mãe e filho seriam separados... eu entendo. Afinal, você perdeu sua filha."

"Deixe minha filha fora disso!", Hulda gritou. "O que você sabe sobre ela? Você não sabe nada sobre mim ou minha família, nunca soube!" Esse momento de explosão pegou até Hulda de surpresa, todavia, pelo menos, conseguiu deixar Magnús desconfortável por algum tempo.

"Desculpe-me, Hulda. Apenas estou tentando me colocar em seu lugar."

Estava ficando muito claro que Emma a tinha traído, apesar das boas intenções de Hulda. A traição da mulher era tão incompreensível que Hulda se magoava só de pensar. Sim, Emma passou por um momento terrível, o que não é suficiente para desculpar o seu comportamento. Ela deve ter colapsado quando foi interrogada por Magnús.

Somente então Hulda se lembrou por que havia desligado seu telefone na noite anterior. Por que raio ela tinha bebido todo o vinho? Sua ressaca não a estava ajudando a lidar com a pressão agora. Ela estava de pé atrás em tudo que fez hoje, logo agora que precisava estar no auge de seus poderes. Talvez, a idade a estivesse afetando, ela pensou, contudo, rejeitou a ideia, com raiva de si mesma por ter aventado essa possibilidade. Ela sabia que era uma policial tão boa como sempre foi.

Emma tinha ligado para ela, tarde da noite. Isso deveria ter disparado um alerta, sugerindo, como aconteceu, que ela tinha algum motivo urgente para tentar entrar em contato. No entanto Hulda não estava com vontade de falar com ela. E como ela se arrepende disso agora. Talvez Emma quisesse consultá-la sobre se entregar. Oh, Céus!

"Este é um assunto muito sério, Hulda", Magnús disse depois de uma longa pausa.

Ela ainda não conseguiu descobrir como deveria reagir e quais seriam as repercussões de suas ações. Com certeza, ele não estava planejando demiti-la em desgraça no seu último dia de trabalho?

"Agora você está dizendo que ela confessou?", Hulda perguntou, ciente de que sua pergunta tinha um reconhecimento de seu erro, sem ser uma admissão direta de culpa. "O que conversamos ou a interpretação dela do que foi dito é mesmo importante?" Ela engoliu o vergonhoso desejo de lamentar: Por favor, seja condescendente. Depois de todos esses anos, depois de minha longa carreira de sucesso, não poderíamos ignorar esse pequeno erro?

"Você acertou em cheio, Hulda. Em circunstâncias normais, não acho que seria um grande problema, sabendo que você está saindo e que é um momento difícil para você. Um erro de julgamento, nenhum dano grave."

Em circunstâncias normais? O que ele estava tentando dizer?

"Mas é pior do que você imagina. Emma foi ao Hospital Nacional ontem à noite. Acho que ela trabalhou para o serviço de saúde no passado e hoje trabalha em uma casa de repouso."

"O Hospital Nacional?"

"Sim, ao que parece não foi tão difícil: não há muita segurança, ela conhecia o lugar e, sempre que encontrava uma porta trancada, ela conseguia passar mostrando seu crachá do trabalho."

Agora, suspeitando onde isso iria chegar, Hulda começou a ficar enjoada.

"Não demorou muito para ela rastrear onde estava o pedófilo. Eles o estavam mantendo em coma induzido e seu quadro estava evoluindo." Magnús parou, sem dúvida notando o olhar de horror no rosto de Hulda, então retomou seu relato: "Ela pegou um travesseiro e segurou-o sobre o rosto do homem."

Hulda estava apavorada demais para perguntar o que aconteceu depois. Ela esperou, presa em um sentimento de esperança e medo.

"Ele está morto."

"Ela o matou?", Hulda perguntou incrédula, embora já tivesse adivinhado isso.

"Ela o matou, Hulda. Então, imediatamente, se entregou. Nos contou toda a história. Que ela o atropelou por causa do que ele fez com seu filho. Então, ela pretendia matá-lo, não apenas por vingança, mas para impedi-lo de fazer o mesmo com o filho de outra pessoa. Você foi interrogá-la no trabalho, não foi? E percebeu que ela mentia. Ela disse que você fez um longo e duro interrogatório e, por fim, ela cedeu e admitiu o que tinha feito. Ela disse que foi um alívio. E ela disse também..." Ele direcionou o olhar para os papéis em sua frente e se referiu à declaração de Emma: "Que ela estava aliviada em se libertar disso. Não havia jeito de viver com o que havia feito. Após sua visita, ela esperava ser detida a qualquer minuto, porém naquela noite, mais tarde, você ligou para ela e disse-lhe que iria deixá-la livre. Ela ficou perplexa — grata, é claro, mas, ao mesmo tempo, decepcionada. Sua culpa estava pesando tanto que ela decidiu que não tinha escolha além de confessar. Então ela ligou para você."

Hulda se encolheu. O telefonema tarde da noite.

"Só que você não atendeu."

Hulda balançou a cabeça, arrasada. "Não, eu estava ocupada", ela sussurrou. Por que raio ela não atendeu?

Magnús continuou apertando a ferida. "Ela estava mal ontem à noite e não conseguia pensar direito. Sentiu que não tinha futuro, nada além da escuridão adiante, então ela poderia bem terminar o que começou. Fazer algo que valesse a pena. Sabe, você poderia tê-la detido ontem à noite, Hulda."

Com a garganta muito fechada para emitir um som, ela concordou.

"Para não falar da má conduta grosseira que mostrou ao encobri-la. Mais do que má conduta: a sua experiência profissional, Hulda, a deixa ciente de que você infringiu a lei, obstruiu o curso da justiça, o que não a impediu de agir."

Minhas intenções eram boas, ela pensou consigo mesma. A lei não é o único árbitro do certo e errado. Algumas vezes você tem que olhar para o todo. Ela não tinha ilusões; ela estava bem ciente de quão perigoso era para alguém em sua posição pensar assim. Afinal, ela tinha jurado cumprir a lei. No entanto essa não era a primeira vez que ela tinha infringido a lei sob o pretexto de, em certas circunstâncias, tal comportamento ser justificado. A única diferença era que, dessa vez, ela havia sido descoberta. Um homem estava morto, e era, em parte, culpa dela. De repente, ela se sentiu violentamente enjoada, embora não conseguisse sentir nenhum remorso pela morte do pedófilo. Talvez, dizer que ele tinha merecido morrer seria ir longe demais, embora ela tivesse certeza de que o mundo era um lugar melhor e mais seguro sem ele.

"Nós não podemos...?" Ela parou, incapaz de terminar a frase. Pela segunda vez na vida, seu mundo estava desmoronando. Primeiro quando Dimma morreu, agora isso. Sua reputação, seu histórico exemplar no trabalho, tudo isso está prestes a virar fumaça. E o pior: ela poderia ter que enfrentar acusações. Ela conseguiria suportar acabar no tribunal após uma longa carreira na polícia? Ir para a cadeia...? E Pétur, o que ele diria? Ela tinha um medo terrível de que o futuro, cuja luz no fim do túnel ela havia começado a enxergar, ainda que de forma tardia, estava prestes a escapar por entre os dedos.

Magnús estava sentado sem se mover ou falar, seus olhos fixos em Hulda. O silêncio ficou tão opressivo que ela queria gritar; ela estava se sentindo muito esgotada para qualquer outra coisa.

"Você não pode imaginar quanto isso é difícil para mim, Hulda", ele arrematou. "Como estou decepcionado. Sempre a respeitei."

Por mais cética que fosse quanto a isso, ela não o contradisse.

"Você é um modelo para muitos de nós do DIC. E você abriu o caminho para muitos outros, como a Karen. Você me colocou em uma posição dificílima, Hulda."

Hulda não tinha certeza de como interpretar isso. Magnús estava sendo sincero? Ela esperava que sim, contudo, se estivesse sendo honesto, significava que ela tinha interpretado mal a situação durante todos esses anos, subestimando o respeito que ela de fato impunha aos colegas.

Ela jogou a toalha, a luta estava perdida.

"Estou furioso, não se engane, mas não irei perder meu tempo berrando com você: é sério demais para isso. Mais do que tudo, estou devastado", ele continuou, e para o espanto de Hulda, parecia que ele falava sério. "Muitas vezes, a defendi quando falavam em substituir você ou transferi-la para outro departamento. Nem todos apreciam o fato de você ser persistente, da velha guarda, porém você obtém resultados."

Ela não tinha certeza se deveria acreditar nisso; ela nunca tinha sentido que recebeu qualquer apoio real de Magnús, nem uma vez. Contudo, sem dúvida, havia alcançado resultados ao longo dos anos, liderando investigações em alguns casos de alto-perfil. Ela se lembrou de dois em particular: uma morte em uma pequena ilha na costa sul da Islândia, onde quatro amigos pretendiam passar um final de semana tranquilo; e os horríveis acontecimentos em uma fazenda isolada no leste do país, naquele Natal de 1987 — o Natal em que Dimma faleceu. Ambos os casos tinham abalado seu lado emocional. E os acontecimentos voltavam para assombrá-la com frequência.

"Obrigada", ela murmurou para Magnús, tão baixo a ponto de ser quase inaudível.

"Vamos tentar manter isso em segredo, Hulda, pelo bem de nós dois. Não contei nenhum detalhe para seus colegas. Seria uma vergonha para você acabar sua carreira em desgraça, embora seja inexorável que o assunto venha à tona se você tiver que enfrentar acusações. Mas daremos um passo de cada vez. Vou encaminhar o caso para o Ministério Público na segunda-feira e, depois disso, estará fora do meu alcance. Não posso fazê-lo desaparecer, Hulda, você tem que entender isso. Porém tentaremos minimizar o dano."

Ela assentiu em humilde agradecimento. Não passou pela sua cabeça negar o fato, continuar mentindo. O jogo acabou.

"Claro, você terá que parar de trabalhar imediatamente — não poderá mais exercer a função. Você limpou seu escritório?"

Ela balançou a cabeça em silêncio.

"Então, vou pedir para alguém fazer isso para você e enviar suas coisas para seu apartamento, ok?"

"Ok."

"A propósito, o que aconteceu com aquela requerente de asilo russa?"

Hulda estava lutando para não desmoronar. Ela não poderia terminar sua carreira assim: 64 anos de idade, chorando rios de lágrimas em seu último dia de trabalho. Limpando a garganta, ela disse com a voz rouca: "Ainda estou trabalhando nisso. Havia duas delas."

"Sim, você mencionou isso ao telefone mais cedo. O que você quis dizer?"

"Havia uma garota russa chamada Katja que desapareceu há mais de um ano. Depois Elena morreu. As duas garotas eram melhores amigas. Duvido que Alexander tenha ligado uma coisa à outra."

"Os casos estão conectados?"

"Não sei, mas precisam ser verificados."

"Você está certa." Ele pensou um pouco, e depois disse: "Você poderia escrever um relatório e me enviar por e-mail quando tiver um tempo? Eu mesmo darei uma olhada nisso, assim que puder."

Seu tom de voz o traiu. Ela não acreditou nele por um momento sequer, mas achou o gesto bonito.

"Sim, claro, farei isso."

Ele se levantou, estendeu a mão para ela, e ela o cumprimentou sem dizer uma palavra.

"Foi um privilégio trabalhar com você, Hulda. Você era uma policial excepcional." Ele fez uma pausa e depois acrescentou: "É uma pena que tenha que acabar assim."

XIII

Ela acordou sobressaltada mais uma vez, sentindo que ainda estava no meio da noite.

A princípio, ela pensou que foi o frio que a acordou, e era verdade que ela estava congelando, não apenas sua cabeça, mas o corpo todo. Só então ela percebeu que seu saco de dormir estava aberto.

Seu companheiro desceu do beliche superior e subiu no dela, e agora estava deitado ao seu lado, uma mão enfiada dentro de sua calcinha.

Apavorada, ela tentou empurrá-lo, porém estava tão gelada que seus membros não a obedeceram. Ele a puxou, e começou a beijá-la, enquanto ela lutava com toda a força que conseguiu reunir para empurrá-lo para longe.

"Pare com isso", ele rosnou. "Nós dois sabíamos o que iria acontecer, o que significava convidá-la para passar o final de semana comigo. Eu vi como você me olha. Não comece com timidez, por favor."

Ela o ouviu em espantosa descrença.

Logo depois, ela estava gritando a plenos pulmões, o mais alto que já havia gritado em toda a vida.

Ele nem se deu o trabalho de tampar sua boca com a mão.

XIV

Hulda estava do lado de fora da delegacia em Hverfisgata, imóvel feito uma estátua. Alguns colegas disseram olá quando passaram por ela, mas ela foi incapaz de retornar as saudações. Ela apenas ficou parada, olhando para o vácuo.

Era como se sua vida estivesse paralisada: ela não conseguia olhar adiante, não conseguia imaginar como seria o futuro. Sua maior necessidade agora era conversar com Pétur, só que ela não conseguiu ligar para ele. Não ainda.

Encontrando a vontade de se mover, ela partiu lentamente, caminhando pela esquina do prédio, e continuou andando na direção do mar.

Embora o sol tivesse se libertado das nuvens, ela foi recebida por uma forte brisa quando chegou à estrada da costa. Ela a atravessou, indiferente ao trânsito, e sentou-se em um banco, olhando para a baía em direção às montanhas. Ela nunca se cansou dessa vista. Todos aqueles cumes que conquistou: Esja, Skardsheidi, Akrafjall. A beleza de tirar o fôlego teve um efeito calmante, relaxando-a, trazendo de volta alguns de seus momentos mais felizes. Mas também trouxe de volta imagens de Elena ensopada na enseada. O mar dá e o mar tira.

Mais uma vez, Hulda sentiu o peso esmagador de sua solidão.

Ela tinha tanto peso em sua consciência.

Seus pensamentos retornaram para Elena. Ela poderia ser a chave? A maneira pela qual ela poderia ganhar uma espécie de absolvição? Restaurar sua honra até certo ponto? Ela poderia salvar os destroços de sua vida solucionando esse caso? Senão por isso, para se sentir mais em paz consigo mesma?

As águas agitadas da baía de Faxflói não deram respostas, todavia, talvez, trouxessem um pequeno lampejo de esperança. Ela asseverou a Magnús que estava abandonando a investigação, sabendo que as chances de ele descobrir que ela continuava trabalhando nisso pelo resto do dia eram mínimas. Ela queria fazer bom uso das suas últimas horas de trabalho? Ainda havia duas pistas que teria que acompanhar. A quem ela faria mal se fosse em frente? Isto significaria ter que mentir, fingir que ela ainda estava na polícia, mas era improvável que alguém questionasse o fato.

Sim, ela tinha que fazer isso. Apenas por hoje. Era sua última chance. Isso lhe daria a distração necessária até que pudesse encorajar-se para enfrentar Pétur nesta tarde.

XV

"Ninguém consegue ouvir", ele disse rindo enquanto lutava com suas roupas intimas, tentando abaixá-las.

Foi então que uma explosão extra de força surgiu de algum lugar, apesar do frio entorpecente, e conseguiu empurrá-lo com tanta força que ele caiu no chão.

Ela saltou do beliche, sem enxergar nada no meio da escuridão, ciente de que sua única chance era sair da cabana, fugir na neve e encontrar algum lugar para se esconder na vazia e vasta paisagem. Por mais irrealista que a ideia fosse, ela tinha que tentar. Naquele instante, ela avistou o fraco brilho do machado de gelo que ela havia desamarrado de sua mochila e colocado junto à porta.

Por um milagre, ela conseguiu alcançá-lo primeiro.

XVI

Hulda bateu na porta de Albert. Ela estava esperando falar com seu irmão e descobrir se ele havia levado Elena para um passeio em um 4x4. Para sua surpresa, o próprio advogado atendeu a porta, embora ainda não fosse quatro da tarde.

"Hulda?", ele disse, um pouco surpreso.

"Albert, acabei de bater na porta..."

"Certo, ok, voltei para casa mais cedo desta vez, pois estava sem muito trabalho." Ele parecia envergonhado e um pouco instável, como se os negócios não estivessem indo bem. "Você não pegou os papéis? Baldur me disse que você veio buscá-los ontem à noite."

"Ah, sim, estou com eles. Porém estão todos em russo, então eu ainda não consegui extrair nada deles."

"Sim, eu achei que estavam, mas nunca se sabe, você pode encontrar algo útil neles. Vamos torcer para que você consiga justiça para aquela pobre mulher. Afinal, ela era minha cliente."

"Na verdade, eu estava esperando ter outra palavra com seu irmão."

"Com meu irmão?" Evidentemente, essa era a última coisa que Albert esperava ouvir.

"Sim... Ele, hum, houve algo que ele mencionou ontem", ela mentiu envergonhada, amaldiçoando-se por não ter inventado uma desculpa melhor, só que ela não esperava encontrar Albert, "que eu gostaria que ele esclarecesse".

"De que se trata? Alguma coisa relacionada à Elena?"

"Não, bem, sim, não de forma direta. É um pouco difícil de explicar."

"Relacionado a mim, então?" A voz de Albert aguçou-se.

"O quê? Claro que não, nada disso. Ele está?"

"Não está. Ele conseguiu um trabalho para pintar uma casa hoje, então não estará em casa por um tempo."

"Você poderia pedir a ele que me ligue quando voltar?"

Albert parecia inseguro de como reagir a esse pedido, contudo disse ao acaso: "Sim, sim, claro. Farei isso. Ligarei para você na delegacia."

"Não, ligue para meu celular, você tem meu número", Hulda disse apressadamente e sorriu.

Albert sorriu e fechou a porta.

XVII

Uma vez que o acesso aos serviços de um tradutor oficial da polícia seria negado, a resposta óbvia era ver se Bjartur poderia ajudá-la. Hulda voltou para seu carro e foi para a casa do intérprete no oeste da cidade. Seria sua última esperança, a menos que encontrasse algo significativo nesses papéis. Enquanto parte dela se agarrava a isso, a percepção de que seria grata por deixar tudo para trás e, finalmente, ter um descanso, estava crescendo.

Seu telefone tocou, e ela parou para atendê-lo. Era Magnús, que insistia.

"Hulda", ele disse, parecendo grave.

"Sim." Ela se preparou.

"Não queria sobrecarregá-la com mais nada hoje, mas tem uma coisa que esqueci de falar: prenderam Áki hoje de manhã."

"Sério?" Seu ânimo melhorou um pouco. "Por comandar uma rede de prostituição?"

"Entre outras coisas, a desvantagem, porém, é que foram obrigados a antecipar toda a operação e acabou sendo um trabalho feito às pressas — tudo porque você foi interrogá-lo sem permissão."

Hulda praguejou baixinho.

"E há um risco de que ele tenha destruído registros nesse meio tempo, o que é uma desgraça. É melhor estar preparada para receber uma ligação deles, eles vão querer saber sobre o que falaram. Eles vão querer saber se ele lhe deu alguma informação, saber com base em quais informações você estava agindo..."

Hulda suspirou. "Sim, ok... Embora eu não tenha nada de novo para lhes dizer."

"Então, receio que você terá que lidar com o problema. Essa coisa toda é um fiasco total, não deixe que a atinja."

Mais do que já atingiu, ela pensou, enquanto desligava. Hulda sentiu-se culpada de verdade por ter, talvez, arruinado a investigação de seus

colegas, sabendo quanto esforço eles devem ter colocado nisso.
Ela odiava cometer erros.
Ela realmente odiava cometer erros.

Quando era jovem, fazendo sua lição de casa, sua avó costumava olhar por cima de seu ombro, verificando cada resposta, cada composição, fosse gramática, matemática, geografia, história... E Hulda sentia que suas críticas, muitas vezes, foram duras e injustas. Uma vez ou outra, sua avó lhe dizia que tinha que fazer melhor, que ela era muito lenta, que ela tinha que superar os meninos para ter alguma chance de sucesso na vida. Muitas vezes, ela foi levada às lágrimas com esses comentários.

Só quando adulta, aprendeu o conceito de crítica construtiva, algo que sua avó ignorava por completo.

E agora, mais uma vez, ela sentiu a vergonha de ter cometido um erro.

Ela poderia fazer melhor do que isso.

XVIII

Desta vez, Hulda não perdeu tempo indo até a casa de Bjartur, mas foi direto para sua garagem e bateu na porta. Ao fazer isso, ela notou uma placa na janela: "Bjartur Hartmannsson, intérprete e tradutor."

Ligeiro, ele atendeu à porta e pareceu surpreso ao ver Hulda.

"Olá."

"Olá, Bjartur, sou eu de novo", ela disse, se desculpando, ciente de que estava sempre lutando contra inimigos imaginários, em uma missão para solucionar um caso que era uma causa perdida.

"Ora, ora", ele disse com um sorriso, coçando seu cabelo loiro palha. "Parece que estou me tornando um velho amigo da polícia."

Como quem não quer nada, Hulda se perguntou quantos anos ele tinha; ela não se preocupou em dar uma boa olhada nele, seu palpite era de que, apesar de sua aparência jovem, ele devia estar chegando aos 40. A mulher — presumidamente sua mãe — que atendeu à porta na primeira visita de Hulda, parecia ter cerca de 70.

"Muita coisa para fazer?", ela perguntou com uma voz amigável.

"Sim, com certeza, bem... não muito no campo da tradução, mas com muitos grupos turísticos russos. Creio que a única coisa que mantém a Islândia à tona nos dias de hoje é o dólar dos turistas. Entretanto as coisas estão calmas agora. Estou apenas... escrevendo, sabe, trabalhando no meu livro."

O aumento do turismo, desde o colapso bancário islandês até o subsequente colapso da coroa islandesa, sem dúvida ajudou a colocar o país de volta nos trilhos, já que os turistas trouxeram moedas estrangeiras valiosas. A perspectiva era um pouco melhor do que antes, no entanto a crise financeira lançou uma grande sombra, e Hulda, distraída, refletiu que o turismo faria pouco para impulsionar suas finanças pessoais. Seu salário não era tão bom, e agora tudo o que ela tinha que esperar era por uma renda fixa de sua pensão do governo.

"Entre", Bjartur disse, interrompendo seus pensamentos. "Receio que ainda esteja um pouco bagunçado. Não saí para comprar uma cadeira para visitantes, então você terá que se contentar com a cama." Ele ficou vermelho. "Quero dizer, você entendeu, né, você terá que se sentar na cama."

Hulda encontrou um espaço livre no meio da bagunça onde podia se sentar, enquanto Bjartur sentou-se em sua antiquada cadeira de escritório. O ar na sala estava abafado, a tal ponto que o deixava desagradável: a chegada inesperada de Hulda não lhe deu a chance de abrir uma janela.

"Você mora na garagem?", ela perguntou com curiosidade.

"Sim, na verdade, moro. Eu durmo e trabalho aqui. É mais reservado, sabe. Mamãe e papai ficam na casa, só que eu não consegui mais morar com eles. Foi difícil vivermos todos juntos. Por azar, não havia porão, senão teria me mudado para lá. Então, me deixaram construir a garagem."

Hulda queria perguntar por que ele não tinha se mudado para um apartamento só dele, mas achou melhor não, no caso de parecer rude.

Bjartur pareceu adivinhar a pergunta não dita: "Não adianta eu ter meu próprio apartamento, ainda não; é muito caro, seja alugado ou comprado. O preço das casas está nas alturas, e eu não tenho uma renda regular. É tudo muito incerto — o trabalho de tradutor, serviços para turistas. Às vezes corro feito um doido, em especial no verão, porém muitas vezes não há trabalho suficiente. No entanto, estou conseguindo economizar um pouco. Tudo dará certo no final. E mamãe e papai estão envelhecendo, então, em algum momento, eles vão querer um lugar menor."

Ou morrerão, Hulda leu na sua expressão.

"Eu quero lhe pedir um favorzinho", ela disse.

"Ah, sim? O que seria?"

Ela lhe entregou o envelope com os papéis que Albert havia deixado.

"Contém alguns documentos que o advogado de Elena desenterrou. Não sei se tem alguma coisa interessante aí, mas não podemos 'deixar pedra sobre pedra', entende?" Ela sorriu, fazendo pouco do assunto.

"Entendi. A propósito, como a investigação está indo? Vejo que você ainda está trabalhando no caso."

"Sim... claro, não estou planejando desistir", ela mentiu. A verdade é que ela o teria abandonado agora mesmo. Hoje, dentre todos os dias, quando ela ainda estava se recuperando da notícia que Magnús havia lhe dado, continuar com esse caso foi a última coisa que ela sentiu vontade de fazer, embora fosse a única coisa que lhe restava.

Não havia como fugir do fato de que um homem tinha morrido por sua causa. Todavia ele era um molestador de criança, e isso facilitou a conciliação com sua consciência: alguns crimes eram imperdoáveis.

E havia uma boa chance de ela ter sabotado a investigação de seus colegas sobre as atividades de Áki. Sua carreira como detetive estava em ruínas. Não é de se admirar que ela não estivesse em condições de trabalhar. No entanto, apesar de tudo, ela persistiu, teimosa demais para desistir, em uma última corrida contra o tempo.

"Claro que darei uma olhada neles para você", Bjartur disse, girando sua cadeira para ficar de frente para a mesa, tirando os papéis do envelope e espalhando-os em sua frente. "Apenas me dê alguns minutos para examiná-los."

"Claro." Em um palpite repentino, ela acrescentou: "Você poderia dar uma atenção especial a qualquer menção a alguém chamada Katja?"

"Katja?", ele perguntou, ainda debruçado sobre as páginas.

"Sim, suponho que era uma amiga."

"Ok."

"Você não a conhecia? Não foi intérprete dela?"

"Não."

"O problema é que ela desapareceu."

"Desapareceu?"

"Bem, ou desapareceu ou fingiu ter desaparecido. Ela também era uma requerente de abrigo russa, e me ocorreu que os casos podem estar ligados."

"Ok. Nada ainda. Este primeiro documento é apenas um tipo de certificado de residência russo; ela deve ter trazido para provar sua identidade."

"Ah, sei", Hulda disse, um pouco desapontada. Ela sabia que essa era sua última carta na manga, esses papéis eram sua última esperança. "Por favor, leia-os com cuidado", ela acrescentou, tão educadamente quanto pôde.

"Claro."

Bjartur continuou lendo sem falar, de costas para Hulda, enquanto ela continuava sentada na beirada da cama, de modo incômodo, esperando em uma agonia crescente de suspense. O silêncio permaneceu até que Bjartur demonstrou algum tipo de reação.

"Uau", disse ele, e era evidente pelo seu tom de voz que ele tinha encontrado algo inesperado. "Uau", ele repetiu.

"O quê?" Hulda se levantou e espiou por cima do ombro dele. Ele estava lendo a última folha de papel, que estava escrita à mão.

"Você encontrou alguma coisa?", ela perguntou, consumida pela impaciência.

"Bem... eu não gostaria de... embora..."

"O quê?", ela perguntou, sua voz aguçando. "O que diz?"

"Ela está falando sobre uma viagem que fez ao interior com uma amiga a que ela se refere como K. Poderia ter sido Katja?"

"Sim, poderia ser sim." Hulda sentiu-se entusiasmada, porém tensa...

"E alguém... Não tenho certeza se é um homem ou uma mulher..."

"Vamos, fala logo..."

"Ela usou uma inicial outra vez. E, pelo contexto, parece que havia um homem com elas."

"Qual é a inicial?"

"Um A."

XIX

Ele riu.

"Abaixe o machado e poderemos conversar. De qualquer maneira, você não tem coragem de usá-lo."

Fora de si, totalmente apavorada, ela se apoiou contra a porta, brandindo o machado na frente dela com uma mão, enquanto tateava a maçaneta com a outra.

Ele não pareceu nem um pouco perturbado e deu um passo mais para perto. Então, em um piscar de olhos, ele estava em cima dela e arrancou o machado de sua mão.

Por um instante, ele ficou parado.

Ela estava paralisada de medo, embora todos os seus instintos estivessem gritando para ela sair da cabana.

Então ele se atirou.

O machado a atingiu na cabeça. Ela experimentou uma fração de segundo de descrença confusa, ainda muito entorpecida com o frio para registrar o que tinha acontecido.

Levando a mão ao couro cabeludo, ela sentiu o sangue quente escorrendo.

XX

"Um A?"

"Sim."

"Você não está querendo dizer que...?"

"Esse também foi meu primeiro pensamento", Bjartur disse com um aceno, de cabeça, parecendo consternado.

Hulda disse em voz alta: "Albert?"

"Sim."

"Mas talvez, talvez fosse tudo inofensivo. Algo a ver com a preparação de seus casos. Ele poderia ter sido o advogado de Katja também?"

Bjartur deu de ombros. "Embora não pareça inofensivo. Ela está insinuando algum tipo de violência — isso parece um trecho de um diário. Talvez ela quisesse deixar escrito o que houve caso algo acontecesse. Pelo menos, estou presumindo que Elena escreveu isso. Ela falava inglês muito pouco então, naturalmente, ela teria escrito em russo."

"Como assim? Albert se deparou com isso, sem saber do que de fato se tratava, e passou para mim?"

"A ironia", disse Bjartur. "Sabe, eu sinto como se estivesse em um romance policial. Eu costumava ler muitos deles quando era mais jovem." Ele sorriu, como se estivesse gostando do papel de assistente de detetive.

"Senhor...", Hulda murmurou. O que faria agora? Era possível que fosse o próprio Albert, não seu irmão, que tinha algo a esconder?

"Deixe-me terminar de ler isso", Bjartur disse, e inclinou a cabeça de volta para a página, balançando-a enquanto lia: "Sim, sim." Ele estava mergulhado nos escritos. "Sabe?", ele disse, levantando os olhos do papel. "Eu acho que sei aonde eles foram. É um pouco longe, cerca de uma hora e meia de carro de Reykjavík." Ele mencionou um vale de que Hulda não tinha ouvido falar: ela era mais fã das montanhas, vales não tinham a mesma emoção.

Bjartur continuou: "É estranho. Ela menciona uma casa, porém, até onde eu sei, o vale é desabitado."

"Você poderia me mostrar esse lugar num mapa?", Hulda perguntou.

"Posso fazer melhor do que isso: posso levar você até lá", ele ofereceu ansioso. "Não tenho mais nada para fazer."

"Sim, ok. Obrigada. Vou falar com Albert depois. Você pode traduzir o documento para mim, palavra por palavra?"

"Claro, eu lhe direi o que está escrito nele enquanto estamos dirigindo. Anh, poderíamos ir no seu carro? Eu não, anh, não tenho combustível suficiente no meu tanque para nos levar até lá."

A vida como tradutor significava apenas sobreviver, Hulda pensou, sentindo uma pontada de pena do homem.

Ela se pôs atrás do volante de seu velho e confiável Skoda. Bjartur sentou-se no banco do passageiro, atuando como navegador, além de informá-la sobre o conteúdo do relato manuscrito. Elena tinha ido fazer uma viagem ao vale na companhia de outras duas pessoas, uma mulher, cujo nome começa com K, e um homem, cujo nome começa com A. Eles passaram a noite em um chalé de verão, mas o final de semana terminou prematuramente quando o homem agrediu fisicamente a outra mulher.

Embora Hulda achasse difícil acreditar que Albert pudesse estar envolvido, ela não poderia descartar o fato sem reservas. Era concebível que ele pudesse ter assassinado as duas mulheres, Katja e Elena? E onde seu irmão se encaixa na história?

Quando seu telefone começou a tocar, ela suplicou que não fosse Magnús mais uma vez. Ela ainda estava em choque depois das duas últimas conversas, ainda não tinha conseguido juntar todas as peças. Com certeza, ela poderia ter conseguido encerrar esse caso com mais um dia, um dia em que ela estivesse se sentindo mais ela mesma. E talvez, ela se pegou pensando, por mais relutante que fosse admitir isso, talvez pudesse ter conseguido resolver o caso se fosse dez anos mais jovem.

Parando na beira da estrada, ela pegou seu telefone e atendeu, embora o identificador de chamadas fosse desconhecido.

"Hulda? Olá, é Baldur, Baldur Albertsson. O irmão de Albert."

"O quê? Ah, sim. Olá." O momento parecia estranhamente apropriado.

"Albert disse que você queria falar comigo..." Ele parecia nervoso.

"Sim, eu quero. É sobre Elena, a garota russa que seu irmão estava representando."

"Sim..."

"Você a conhecia?"

"Eu? Não..." Ele hesitou, e Hulda esperou. "Não... mas eu, isto é, eu a encontrei uma ou duas vezes. Por que pergunta?"

"Você se importaria em me dizer onde a encontrou?"

"Eu a peguei algumas vezes em Njardvík."

"Ah? Por quê?"

"Fiz um favor para meu irmão. Ele precisava vê-la e não tinha tempo de ir, ele mesmo, buscá-la. Ele estava ocupado com reuniões ou algo do tipo. Então peguei seu jipe emprestado e fui buscá-la. Nada demais. Nós colocamos isso nas despesas — você sabe, o tempo que levou e o custo da gasolina. Isso não é um problema, é? Foi tudo muito transparente, mesmo que, analisando friamente, Albert não tenha feito a condução ele mesmo. Eu o ajudo quando estou livre — é o mínimo que posso fazer em retribuição à moradia que ele me franqueia. Gosto de contribuir, se puder." A respiração de Baldur soou rápida e irregular ao telefone.

Foi só isso que aconteceu? Baldur estava apenas fazendo um favor ao irmão?

"Obrigada, Baldur. Isso não é um problema. Eu apenas queria verificar para poder eliminá-lo do meu inquérito. Alguém viu você pegando Elena em Njardvík, e eu precisava saber por que, só isso. Não se preocupe, está tudo bem."

"Ok, obrigado", ele disse. "Eu... é só que não estou acostumado a me envolver em investigações policiais."

"Que bom. Ainda bem."

"Pode apostar."

Hulda ainda precisava saber se Albert também representava a outra garota russa, Katja.

"A propósito", ela perguntou, tão casualmente quanto pôde, "seu irmão está com você, Baldur? Eu tenho algumas perguntas para ele também".

Houve um silêncio do outro lado da linha.

"Bem... não, ele não está aqui." Após hesitar, Baldur acrescentou: "Na verdade, não tenho certeza de onde ele está."

"Ok, Baldur, sem problemas. Obrigada por ligar."

Ela tentou o celular de Albert. Ela sentiu uma grande urgência em falar com ele, com medo de que, se ele fosse o assassino, poderia estar tentando deixar o país ou algo assim.

Sem resposta.

Quando ela desligou, seus pensamentos, de repente, foram para a garota síria, Amena. Algo estava incomodando lá no fundo de sua mente. Algum comentário que deixou escapar... um detalhe significativo que Hulda havia negligenciado na primeira vez. Caramba. Outrora, ela tinha mais consciência em tomar nota, e sua memória também era melhor. Era algo... algo que ela tinha dito... Hulda convocou uma imagem da garota em sua cela. Prostituição, era isso: Amena negou veemente que Elena estivesse envolvida em prostituição. Sua negativa também foi bem convincente. Ela também alertou Hulda da existência de outra russa, Katja. E ela se referiu à autorização de permanência — que Elena tinha recebido o direito de ficar... sim, era isso... era algo relacionado a isso. Entretanto, o que poderia ser? A memória ainda fugia, permanecendo fora de alcance.

"Desculpe, mas eu poderia pegar seu telefone emprestado por um minuto?", Bjartur perguntou, interrompendo seus pensamentos, antes de religar o carro. "É só que eu esqueci de comunicar meus pais que saí. E eu, bem, eu não tenho mais créditos nos meu." Seu rosto ficou vermelho mais uma vez.

"Claro." Ela lhe entregou seu celular.

Ele digitou o número e esperou. "Oi, pai, escute... sim, eu sei... Mamãe terá que fazer isso sozinha... Não, pai, não consigo fazer isso agora... Estou ajudando uma senhora da polícia... Estamos trabalhando em um caso..." Ele revirou os olhos e saiu do carro, ainda falando.

Hulda lembrou-se dos dias em que se referiam a ela como a garota, não a senhora.

Enquanto ele estava lá fora, Hulda aproveitou a chance para trocar de rádio e deitou-se em seu banco por um minuto. Tinha sido um longo dia e ainda não havia acabado. O céu estava azul e, após o início de um dia nada promissor, despontava uma linda tarde ensolarada. Hulda refletiu que maio era a melhor época do ano em sua fria terra natal.

Após alguns minutos, Bjartur voltou para o carro. "Desculpe por isso, podemos continuar agora." Ele sorriu. "Falta apenas meia hora, ou talvez um pouco mais."

Eles já estavam dirigindo há uma hora, e Hulda estava morta de fome: ela não tinha comido nada desde os biscoitos *Prins Póló*. Ela também estava ficando cada vez mais cansada. Talvez ela pudesse pedir para Bjartur dirigir na volta. É melhor que essa jornada não seja uma perda de tempo. Ela havia prometido a si mesma que abandonaria o caso no fim do dia, mas ela seria capaz de cumprir essa promessa? Ela ainda se sentia desconfortável por não conseguir entrar em contato com Albert. Ela tinha que falar com ele.

Ou apenas acataria ordens: levaria todas as evidências que tinha juntado para Magnús e o deixaria concluir o caso? Não seria brincadeira dizer a Magnús que ela suspeitava de seu velho colega Albert de duplo assassinato. Os rapazes tinham o costume de andarem juntos, e Albert tinha sido aceito como parte da gangue, apesar de ser um advogado, e não um detetive.

Ela xingou baixinho. Talvez ela apenas devesse esquecer esse caso. Acabar com essa jornada.

Ela sentia falta de Pétur e de repente percebeu que, no final das contas, estava um pouco feliz por estar se aposentando, que estava animada com a perspectiva de passar a "melhor idade" com ele. Eles poderiam fazer tantas coisas juntos, viajar pela Islândia, até mesmo para o exterior, e aproveitar a vida na companhia um do outro. Ela continuaria fazendo suas caminhadas, agora com Pétur, descobriria novos hobbies; ela ainda estava em forma e precisava se manter ativa. Poderia até começar a jogar golfe, o hobby de escolha de tantos outros colegas. Apenas 64 anos, e tantas coisas para fazer; talvez ela pudesse tentar — com a ajuda de Pétur — deixar a escuridão do passado para trás. Ela não via as coisas de uma forma tão clara em tanto tempo.

Ela estava muito ansiosa para ir para casa, para sua cama e começar uma nova vida quando o sol nascesse no dia seguinte: uma nova vida com Pétur.

XXI

Depois de um tempo, ele tateou em busca de uma das lanternas sobre a mesa e a ligou. Então olhou para ela, tentando pensar no que tinha feito. Ele estava apaixonado por essa mulher, e agora ela estava deitada aos seus pés, morta. Ele a tinha matado. Foi tudo tão bizarro, de certa forma.

Ele teria que salvar o que pudesse dessa situação. Pensar logicamente. Tentar evitar que muito sangue se espalhasse no chão da cabana.

Pensou. O fato mais importante era que ninguém mais sabia sobre a viagem deles. E ninguém sonharia em procurá-los aqui ou revistar a cabana à procura de evidências de um crime.

Ainda estava escuro, o que significava que ele tinha muito tempo. Tudo que ele tinha que fazer era manter a cabeça fria e agir com frieza, passo a passo.

Era a primeira vez que havia matado alguém, e, na verdade, tinha sido perturbadoramente fácil.

XXII

"Acho que estamos no caminho certo", Bjartur disse. "Este é o vale que Elena mencionou e, embora faça muito tempo desde a última vez que visitei o local, não tenho conhecimento de nenhuma construção nas imediações." Então ele acrescentou: "Você tem certeza de que deveríamos entrar? É que não estou acostumado — você sabe, a rastrear um assassino..."

"Não podemos voltar atrás agora, depois de termos chegado até aqui", disse Hulda. "Ficará tudo bem. Nem por um minuto acredito que estamos correndo perigo. Essa é a direção correta? Continuamos seguindo até o vale?" A estrada havia se reduzido a uma trilha de cascalho, sua superfície se deteriorando a cada quilômetro.

"Sim, está certo."

Enquanto continuavam seu caminho trepidante até o vale, Hulda pensou no seu Skoda, temendo que ele não fosse capaz de lidar com os buracos. Ela também tinha outras preocupações: a morte no hospital; a mãe a caminho da prisão; as potenciais repercussões desse trágico incidente para ela própria, a forma como ela tinha arruinado tudo em uma semana tão horrível. Por conta dessas outras preocupações, Elena estava cada vez mais sumindo de vista.

Estava um lindo entardecer, o sol pairava baixo em um céu quase sem nuvens, e um grupo de mudas recém-plantadas projetava longas sombras sobre a grama clara do vale. As encostas ainda não tinham ficado verdes, já que a primavera não estava tão avançada aqui em cima quanto na cidade. Por um momento, olhando em volta pelo amplo espaço aberto e céu azul sem limites, Hulda experimentou uma sensação de liberdade, de que seu potencial era ilimitado. Não obstante, seu cansaço se reafirmou, e ela teria dado qualquer coisa para estar aproveitando o clima em outro lugar; de preferência, com vista para o jardim de Pétur em Fossvogur.

"Talvez devêssemos encerrar o dia", ela murmurou, após mais cinco minutos de progresso.

"Sim, eu concordo", disse Bjartur. "Há um ponto melhor para dar a volta a apenas cem metros daqui." No momento seguinte, gritou triunfante: "Casa! Olhe, há uma construção. É nova. Não existia da última vez que eu vim aqui."

Hulda desacelerou e seguiu a indicação de Bjartur.

"Vamos dar uma olhada?", ele sugeriu. "Aposto que é a casa a que Elena estava se referindo."

"Com certeza", Hulda disse.

A palavra "casa" foi um pouco exagerada. Conforme foram se aproximando, revelou-se uma cabana primitiva ou um chalé, ao lado do que parecia ser um local de construção. Embora não houvesse nenhum sinal de alguém trabalhando, ficou claro que essas eram as fundações de uma casa maior que estava em construção. Hulda estacionou em frente à cabana e, de hábito, escaneou com cuidado os arredores antes de sair do carro. Seria impossível para qualquer um se esconder neste local aberto e gramado, em uma noite clara de verão. Não havia sequer pedras. O único esconderijo em potencial era a própria cabana.

Os olhos de Hulda encontraram os de Bjartur. "Não há nada para ver neste lugar."

"Não deveríamos pelo menos dar uma rápida olhada lá dentro?", ele perguntou.

"Não temos um mandado", ela se opôs, embora se sentisse demasiado tentada a desrespeitar as regras. Afinal, o que ela teria a perder? Sobretudo agora, que vieram até aqui.

"Podemos olhar pelas janelas", Bjartur sugeriu.

Hulda deu de ombros. Ela mal conseguia detê-lo.

Ele olhou em volta da cabana, espiando pelas janelas. Então, sem avisar, ele tentou a maçaneta e a porta abriu. "Está destrancada", ele disse e, antes que ela pudesse reagir, ele já tinha entrado.

"Ora, raios", Hulda murmurou, e foi sem pressa atrás dele, refletindo que, mesmo se alguém descobrisse isso, ela não poderia ser mandada embora duas vezes.

Quando ela entrou na cabana, pôde sentir seu coração batendo mais rápido, a velha adrenalina pulsando em suas veias e, com isso, seu cérebro de repente pareceu despertar de seu torpor: o comentário evasivo de Amena, que vinha incomodando-a pelas últimas horas, veio até ela em um flash. Na noite antes de morrer, por muito tempo Elena tinha ficado de conversa ao telefone no saguão do albergue e agora Hulda se lembrava com clareza de que a recepcionista havia lhe dito que chamadas internacionais eram bloqueadas. E Elena falava apenas russo. Seria possível que ela estivesse conversando com Bjartur?

Bjartur!...

Onde ele foi? Ela não conseguia vê-lo em lugar algum dentro da pequena cabana. Antes que pudesse olhar em volta, ela sentiu um golpe forte em sua cabeça.

XXIII

Demorou um pouco para limpar a cabana, prejudicada pela escuridão, e, mesmo assim, ficou claro que ele teria que voltar o mais rápido possível com produtos mais fortes para tentar eliminar quaisquer vestígios. Ele se sentiu distante, estranho, como se outro homem tivesse acertado a cabeça da mulher com o machado e ele tivesse sido encarregado de limpar depois. De certa forma, ele sentia pena de Katja, porém, ao mesmo tempo, estava furioso com ela por se comportar de maneira tão infantil. Ela não merecia, entretanto, nas circunstâncias que se apresentaram, sua reação tinha sido a única possível.

Uma olhada no livro de visitas da cabana confirmou que dias, até semanas, tendiam a passar entre as visitas nesta época do ano, então ele conseguiria se safar se voltasse na mesma noite.

No entanto, a prioridade, agora, era se desfazer do corpo.

Ele a fechou dentro do saco de dormir e arrastou-a por todo o caminho de volta até seu carro, esperando que a neve que caía cobriria seus rastros bem rápido. Nas horas escuras, antes do amanhecer, no auge do inverno, longe da civilização, ele acreditava que ia conseguir agir sem ser visto ou interrompido. O problema era como se livrar do corpo. Todas as soluções que surgiam para ele acarretariam um risco, alguns maiores que outros.

Por fim, ele decidiu dirigir até o interior, em direção à calota de gelo mais próxima. Ele conhecia um cinturão de fendas que seria ideal para seu propósito. O trecho final era inacessível de carro, e nessas condições seria seguro seguir com os esquis. Tal coisa nunca seria possível no verão, quando as geleiras ficam cheias de turistas, porém nessa época do ano o risco era válido. Era para onde ele estava indo agora, e era onde teria certeza de que Katja desapareceria para sempre.

XXIV

Por muito tempo, Hulda fechou os olhos para a verdade. Ela convivia com as consequências devastadoras daqueles acontecimentos há um quarto de século. Ela não tinha certeza de quando se deu conta do que estava acontecendo, mas, então, já era tarde demais. Culpando, em parte a negação, em parte a sua falta de visão para o que estava acontecendo bem abaixo de seu nariz. A terrível ironia não lhe escapou. Afinal, ela se orgulhava de seus poderes de percepção, considerava-se uma das melhores detetives da força policial, precisamente porque nada, nunca, passou despercebido. Ela tinha uma habilidade de ver através de todas as mentiras e enganos bem à frente de seus colegas.

Todavia quando o crime estava sendo cometido em sua própria casa, ela não tinha notado nada.

Ou não queria notar.

Confrontar o fato tinha sido quase impensável. Ela foi apaixonada por Jón pela maior parte de sua vida adulta; eles casaram-se cedo, e ele sempre a tratara bem, era um marido honesto e confiável. O amor deles cresceu, pelo menos por um tempo, e tinha sido verdadeiro; ela se lembrou de seu primeiro ano de namoro, quando foi arrebatada por aquele homem bonito e gentil, que parecia tão urbano e sofisticado. Então, tinha sido muito fácil ignorar certas pistas, se convencer de que significavam algo diferente.

Ambos ficaram tão felizes quando Dimma nasceu, eram pais tão orgulhosos! Porém quando a menina fez dez anos, seu comportamento mudou, ela tornara-se mal-humorada e retraída, sofrendo crises de depressão. No entanto, Hulda ainda não tinha entendido. Ela tinha se dado ao luxo de viver na ignorância, persuadindo-se de que a causa não poderia estar em casa.

Naturalmente, Hulda tentou conversar com sua filha. Ela perguntou-lhe por que estava se sentindo tão mal, o que tinha acontecido para aborrecê-la, contudo Dimma havia se mostrado teimosa e pouco comunicativa, recusando-se a fornecer quaisquer respostas, determinada a sofrer em silêncio. Em momentos de desespero, Hulda até se perguntava se eles haviam atraído isso para eles, escolhendo um nome tão funesto para sua filha: Dimma significa "escuridão". Era como se a tivessem condenado desde o nascimento, embora eles tivessem escolhido o nome apenas por ser bonito e soar bem. Em seus momentos de sanidade, ela descartou tais pensamentos, tratando-os como tolices ridículas.

Em retrospectiva, Hulda se arrependeu de não ter pressionado Dimma um pouco mais, de não ter exigido uma resposta. A criança estava presa em um dilema desesperado, afundando cada vez mais em um abismo com o passar dos dias.

Naquelas últimas semanas, antes de Dimma se matar, com apenas 13 anos, o sono de Hulda tinha sido inquieto, como se tivesse pressentindo um desastre. No entanto, mesmo assim, não conseguiu intervir com a força que poderia ter salvado a vida de Dimma.

Quando Dimma morreu, no momento em que viu a reação de Jón, a verdade apareceu. Ela nem precisou perguntar. Seu mundo inteiro havia se transformado da noite para o dia. Mas, por alguma razão, eles continuaram atuando, morando na mesma casa, apresentando uma aparente união para o mundo lá fora, embora o casamento deles tivesse acabado naquele momento. Talvez ela quisesse evitar as consequências de um confronto direto com Jón, temendo que seu crime terrível, de alguma forma, pudesse contaminá-la por associação. Que as línguas queimariam, sussurrando que ela deveria saber, que ela poderia ter feito alguma coisa, poderia tê-lo impedido e salvado a vida de sua filha. Salvado a vida de Dimma. A parte mais insuportável era que poderia ter um grão de verdade naquelas acusações. Então ela não disse uma palavra sequer para o homem para o qual uma vez tivera tanto carinho. Nunca lhe perguntou o que tinha feito com a filha que ela amara mais que a própria vida. Não queria saber por quanto tempo o abuso estava acontecendo. Só tinha certeza de uma coisa: o suicídio de Dimma tinha sido uma consequência desse abuso. Dimma pode ter tirado sua própria vida, porém a culpa pela morte dela era de inteira responsabilidade de Jón.

Além disso, Hulda não conseguiria suportar ouvir nenhum detalhe que retratasse qualquer um dos atos repugnantes aos quais ele submetera a filha.

Quando Dimma morreu, algo morreu dentro de Hulda também. Nas profundezas de seu sofrimento, quando a dor parecia insuportável, nos dias em que se sentia culpada pelo que acontecera — incontáveis dias, incontáveis noites sem dormir —, a única coisa que a mantinha em pé era seu violento ódio por Jón.

Eles nunca mais falaram sobre a filha, nunca mais mencionaram o nome dela um para o outro. Hulda não conseguia falar sobre ela na presença desse estranho, desse... monstro. E Jón teve o bom senso de nunca se referir à Dimma outra vez em sua presença.

XXV

Levou um tempo para Hulda voltar a si. A princípio, ela não conseguia lembrar-se do que havia acontecido, onde estava ou quem estava com ela. Mas quando os acontecimentos finalmente vieram à tona, e tentou abrir os olhos, ela se deu conta de uma dor de cabeça incapacitante.

Ela estava deitada em algum lugar. Acima dela, estava a luz do céu noturno e... aquilo era terra? Onde ela estava?

Mais uma vez, ela fechou os olhos. Caramba, como sua cabeça estava latejando! Ele a tinha acertado — Bjartur tinha batido em sua cabeça. Abrindo um pouco os olhos, ela descobriu, para seu horror incrédulo, que estava deitada na vala da fundação do canteiro de obras no vale.

E então ela viu Bjartur segurando uma pá.

Ela tentou gritar, porém, assim que abriu a boca, esta encheu-se de areia. Cuspindo, ela conseguiu resmungar com os lábios ressecados: "O que você está fazendo?"

Bjartur sorriu, parecendo assustadoramente calmo.

"Para ser honesto, não estava esperando que você viesse", ele disse. "Você pode gritar quanto quiser: estamos sozinhos. A propriedade pertence a um amigo meu. Estou lhe ajudando a construir uma casa de férias aqui."

Ela lutou em vão para poder se sentar.

"Eu a amarrei, só para me sentir mais seguro", ele acrescentou, jogando uma pá cheia de terra em cima dela. A terra caiu pesada sobre seu rosto e peito. Instintivamente, ela fechou os olhos, e quando os abriu, a areia os fez arder.

"Que diabos pensa que está fazendo?", ela blasfemou, seu medo momentaneamente dando lugar a uma raiva incrédula.

"Enterrando você nas fundações, fazendo você desaparecer. Sob a casa de campo."

Com a mente trabalhando em frenesi, Hulda quis ganhar tempo. "Você pode... pode me dar um copo de água?"

"Água?"

Ele pensou. "Não, não tem por quê. É sua culpa, você sabe disso. Você nunca deveria ter se intrometido nisso, me perguntando sobre Katja. Ninguém tinha notado a conexão entre Katja e Elena... e eu... não posso me arriscar. Você percebe isso?"

"Você quer dizer que irá me matar?"

"Eu... eu vou enterrá-la. Depois disso, você morrerá, suponho."

Com seu coração batendo contra sua caixa torácica, Hulda fez uma tentativa frenética de se libertar, mas descobriu que só conseguia se contorcer de um lado para o outro. Bjartur descansou a ponta da pá sobre seu peito, pressionando-a com força. "Fique parada!"

"Foi assim... foi assim que se livrou de Katja?", Hulda perguntou. Qualquer coisa para mantê-lo falando.

"Tipo isso. Só que ela está enterrada em outro lugar."

"Onde?"

"Não acho que é da sua conta. Por outro lado, suponho que você não será capaz de contar a ninguém. Ela está em um lugar mais frio do que o seu." Ele sorriu. "Ela também fez uma viagem para o interior comigo, embora as circunstâncias fossem muito diferentes. Veja, eu estava apaixonado por ela, e ela sabia disso. Eu achei que a viagem seria um passo inicial para o relacionamento, mas ela achou outra coisa, e... bem, o que está feito está feito."

Hulda lutou para estabilizar sua respiração, para resistir à crescente onda de pânico para que pudesse usar seu cérebro. Ela deve ser capaz de pensar em uma saída para isso. Ficar falando com ele. Para isso, ela precisava ganhar tempo, envolvê-lo na conversa. Qualquer coisa para manter sua mente fora da perspectiva de ser enterrada viva.

"Você assassinou Elena, não foi?", ela disse, controlando sua voz. "Vocês dois tiveram uma longa conversa por telefone na noite anterior a que ela morreu. Você nunca mencionou isso."

"Elena. Com Elena deu certo", Bjartur disse. Ele tinha voltado a jogar terra sobre Hulda, mas parou de novo, descansando a ponta de sua pá no chão por um momento. "Elena era a única pessoa que sabia que Katja e eu éramos amigos próximos. Ela não parava de me importunar sobre o que tinha acontecido com ela. No princípio, eu menti, dizendo que tinha ajudado Katja a despistar as autoridades, que ela estava escondida no campo. Só que Elena continuou me chateando para deixá-la ver Katja. Então ela me ligou na noite em que ela... morreu. Ela estava ameaçando ir à polícia. Eu tentei convencê-la a não ir. Eu tinha que impedi-la, você percebe isso?"

"..."

"Eu a convidei para uma caminhada à beira-mar mais tarde, naquela noite. Ela não tinha motivo para ter medo de mim."

XXVI

"Eu tenho que ver Katja!" Elena disse ao telefone. "Eu tenho que vê-la!"

"Bem, você não pode", Bjartur disse. Ele estava sentado em sua garagem, ou melhor, na garagem de seus pais. Tinha sido um mês desafiador: pouquíssimos trabalhos chegando, e ele andava se sentindo demasiado apático para trabalhar sua escrita. O incidente nas terras altas estava atormentando sua mente. A cena do momento em que foi forçado a matar a mulher que amava ficava se repetindo em sua cabeça. Katja, que tinha vindo ao país em busca de asilo; que conheceu quando foi contratado para ser seu intérprete. Eles se deram tão bem desde o início, ou assim ele acreditava. E ela era tão bonita. Como Katja não falava uma palavra em inglês, muitas vezes ela recorreu a ele em busca de ajuda; algumas vezes, acabavam conversando a noite toda. Eles compartilhavam um interesse comum em natureza e literatura russa. Ele nunca achou fácil falar com mulheres, não com mulheres islandesas; enfim, agora que tinha mais de quarenta anos, tinha se resignado a ficar solteiro, mas então Katja entrou em sua vida. Ele fantasiou sobre casar-se com ela, o que lhe conferiria o direito automático a uma autorização de residência permanente. Talvez ele poderia se mudar da casa dos pais, ou enviá-los para um asilo de idosos e se mudar com Katja para a casa deles. Em sua imaginação, ele já havia planejado o futuro deles juntos e estava apenas esperando o momento certo, confiante de que Katja sentia o mesmo. Que ela o amava. Então, casualmente, ela veio com uma conversa de que gostaria de sair da cidade uma hora. Ele aferrou-se a suas palavras, ciente de que esta era sua chance. Ele a levaria ao interior, onde poderiam ficar em uma cabana nas montanhas. E lá, quando estivessem apenas os dois, fora do mundo exterior, o relacionamento deles começaria.

Mas as coisas tinham sido bem diferentes. Ele acabou tendo que matá-la. Claro que ele não queria, porém, às vezes, você não tem escolha. Como no caso de Elena; ele tinha sido obrigado a matá-la também. Ela estava sempre perguntando sobre Katja, e ele tinha que mentir, alegar que ele a ajudou a se esconder; que Katja ouviu que era improvável que conseguisse sua permissão de residência permanente e entrou em pânico. Claro, isso também não era verdade, entretanto ele tinha que inventar uma explicação plausível, um motivo pelo qual ela deveria ter fugido. Elena não questionou a história.

Ele estava torcendo para que Elena fosse deportada logo da Islândia, assim nunca mais teria que vê-la. E para que o destino de Katja nunca viesse à tona. A polícia realizou buscas, no entanto ninguém sabia sobre a viagem deles às montanhas e ninguém — com exceção de Elena — sabia que ele e Katja se davam tão bem. Ou melhor, davam-se tão bem, até a noite na cabana.

Então chegou o dia do telefonema de Elena. Ela foi informada, tanto quanto pôde entender com seu inglês limitado, de que seu pedido havia sido aceito. De pronto ligou para Bjartur para lhe contar a novidade, o que lhe deixou em um pânico cego: ela queria ver Katja para lhe relatar as boas-novas e persuadi-la a se entregar a fim de que pudessem começar uma nova vida na Islândia.

"Tenho que vê-la", Elena insistiu. "E você é a única pessoa que pode me ajudar. Apenas me diga onde ela está — não contarei a ninguém. Eu apenas quero vê-la, conversar com ela."

"Não podemos nos arriscar", ele disse.

Houve um silêncio do outro lado da linha.

"Então vou à polícia", Elena disse.

"A polícia?"

"Sim. Vou dizer a eles que você a ajudou a fugir. Se a polícia questionar, você terá que lhes contar a verdade. E então ela pode ter uma chance, você não entende isso? Uma chance real de conseguir uma permissão de residência. Mas ela tem que se entregar primeiro!"

Houve outro silêncio. Eles estavam por tanto tempo no telefone que os nervos de Bjartur estavam em frangalhos. Ele estava desgastado com a tensão de ter que mentir. E agora estava com medo também.

Ele não podia ir para a prisão. Ele não podia. O assassinato não deve vir à tona. O corpo dela estava escondido em segurança no fundo de uma fenda, e ele tinha feito o seu melhor para limpar qualquer prova incriminadora da cabana. Além disso, ninguém, nem uma alma tinha ideia de que eles tinham estado lá. Ele se safou, ou assim ele pensou, até que aquela cadela da Elena decidiu arruinar tudo.

"Ok", ele disse por fim.

"Ok?", Elena repetiu, atônita. "Você quer que eu vá até a polícia?"

"Não, eu lhe direi onde ela está. Ou... você não prefere vir comigo esta noite e vê-la você mesma?"

"O quê? Você está falando sério? Sim, claro que prefiro."

"Tenho certeza de que tudo ficará bem. É um grande dia, notícias emocionantes... levarei você lá."

Enquanto falava, as engrenagens em sua mente estavam ocupadas girando, pensando no lugar perfeito: a pequena enseada isolada em Flekkuvík, cerca da metade do caminho entre Reykjavík e Keflavík. Era uma área que conhecia bem; por conta de seu trabalho como guia, ele era familiarizado com grande parte dessa região do país, seja por experiência própria ou por leituras sobre o local. A vantagem desta enseada em particular era que, embora há apenas 15 minutos de carro de Njardvík, não era vista por nenhuma casa ou pela estrada. Era garantido que eles seriam as únicas pessoas ali, já que não era acessível nem de carro: eles teriam que andar os últimos 100 metros.

"Você pode vir me buscar?", Elena perguntou.

"Humm... não no albergue. Não posso correr o risco de ser visto, por conta de Katja estar escondida, entende." Ele mencionou uma loja a uma curta distância do albergue e pediu a Elena que o encontrasse lá.

"É um caminho tão longo", Elena lamentou, seus dentes batendo de frio. Embora não houvesse neve no chão, estava congelando, e ela não estava vestida de maneira adequada. Ainda assim, não dava para evitar. Bjartur foi na frente até a enseada. À frente surgiram algumas construções, difíceis de ver na escuridão.

"Ela está naquela casa ali, aquela perto do mar", ele disse.

"Sério? Katja está ali?"

"Ninguém poderia pensar em procurá-la aqui."

"Inacreditável. Você quer dizer que ela esteve neste lugar o tempo todo?"

"Ela estava ficando comigo no começo", Bjartur disse, deixando um pouco de calor humano invadir seu tom de voz. Por um momento, ele quase acreditou em si mesmo, relembrando sua fantasia sobre casar-se com ela e levá-la para morar com ele. "Mas era muito arriscado", ele continuou. "Eu tenho pais idosos que moram comigo. Eles descobririam mais cedo ou mais tarde."

"Sei", Elena diz.

Ele não conseguia ler suas expressões no escuro. Ela estava convencida?

"Tenho certeza de que ela será elegível para uma permissão de residência permanente, como eu", Elena continuou, depois de um momento. "Nossas situações não são tão diferentes."

"Certo", Bjartur disse. "Certo."

"Mas... é uma pena que ela teve que fugir assim. Foi ideia sua?" Sua voz tinha um tom acusatório.

"Minha? Claro que não." Bjartur adotou um tom magoado. "Eu dei o meu melhor para convencê-la a desistir."

"Ela sabe? Que estamos chegando, quero dizer?"

"Não. Ela não tem um telefone."

Elena ficou em silêncio.

Só quando se aproximaram das casas, ela voltou a falar.

"Sabe, tem alguma coisa estranha, Bjartur. Ninguém poderia morar neste lugar. Não há vidros nas janelas. Essas construções estão vazias."

"Não seja boba. Eu lhe asseguro que ela está aqui."

Elena virou-se para olhar para ele, e agora ele pôde ver que os olhos dela se encheram de suspeitas.

"Você está mentindo para mim?"

Sozinha com ele no frio e no escuro, ela de súbito pareceu tensa e amedrontada.

Bjartur parou. Mal havia um sopro de vento, e o murmúrio das ondas era fascinante. Ele a estudou. Agora, ela não conseguiria escapar.

"Você está mentindo? Por que você está mentindo?" Sua voz se elevou, soando alta e intensa: "Onde está Katja?"

Ela começou a se afastar dele. Bjartur não se moveu.

Então ela se virou e fugiu noite adentro.

Não demorou muito para ele capturá-la. Quando conseguiu, atirou-a no chão, pegou uma pedra que estava próxima e bateu na cabeça dela, nocauteando-a. Ela estava morta? Provavelmente não. Ele pensou ter detectado uma pulsação.

Bjartur a levantou e carregou seu corpo inerte até a enseada, tropeçando uma ou duas vezes nas rochas na escuridão. Então ele, com cuidado, deitou Elena de bruços, com a cabeça na água salgada, e a segurou.

XXVII

"Você quer dizer que não havia nada nos papéis que eu trouxe?", Hulda perguntou, com a mente trabalhando furiosamente, determinada a fazer tudo que estivesse ao seu alcance para manter a conversa.

Bjartur riu. "Nada de interessante. Claro que tive que pensar rápido quando mencionei Katja; encontrar alguma desculpa para atrair você para fora da cidade. Tenho que me livrar de você. Não há outra alternativa."

Hulda xingou em pensamento. Isso se transformou em um dia infernal. Todos os seus erros voltaram para assombrá-la: a confissão de Emma, o homem assassinado no hospital, a prisão de Áki. Ela nunca deveria ter saído da cama. Em um dia normal, disse a si mesma, ela teria sido muito mais rápida em pressentir o perigo que estava correndo, mas as preocupações cegaram seus instintos.

"Por favor, me dê um pouco de água", Hulda ofegou, embora fosse contra seus princípios pedir algo a esse homem.

"Mais tarde", ele disse, porém ela não tinha certeza se ele estava falando a verdade.

"Elas eram prostitutas?", ela perguntou.

Bjartur caiu na gargalhada. "Claro que não. Nenhuma das duas. Elas eram boas meninas, especialmente Katja — ela era encantadora."

"Mas..." Só agora, tarde demais, Hulda entendeu como Bjartur a enganou, a colocou no caminho errado logo no início da investigação.

"Fiquei tão chocado quando você apareceu na minha porta", ele continuou. "Eu deixei tudo para trás; achei que o caso estava encerrado há muito tempo. Tudo que conseguia pensar era em encontrar uma maneira de desviar sua atenção de mim. Então eu tive uma ideia: eu lhe diria que Elena estava se prostituindo. E deu super certo, não deu? Você se enganou."

Hulda piscou, os olhos cheios de sujeira. Quando eles ficaram limpos, ela viu que Bjartur estava sorrindo, tranquilo.

Ela podia sentir o medo que estava apertando seu coração, mas isso não devia paralisá-la. Por um momento, ela era uma criança novamente, trancada na descabida despensa de sua avó.

Fechando os olhos por alguns segundos, ela se concentrou no canto dos pássaros. Com certeza alguém a ajudaria. Embora já tenha passado da meia-noite, deve haver alguém por perto. Ou, talvez, Bjartur mude de ideia, talvez ele esteja apenas tentando assustá-la... Suas esperanças diminuíam a cada segundo que passava.

"Você não vai se safar disso", ela disse por fim, mas não soou convincente, mesmo para seus próprios ouvidos.

"Já me safei de dois assassinatos. Tenho experiência no assunto. E me certificarei que você não seja encontrada. A base de concreto será depositada esta semana."

"Mas..." Sua mente voou para o celular. Devia ser possível rastrear seu paradeiro, descobrir onde ela está, mesmo sendo tarde demais para salvá-la.

Mais uma vez, Bjartur parecia conseguir ler sua mente.

"Dei um jeito no seu celular horas atrás. Lembra quando você me emprestou e eu fingi ligar para meu pai? Eu tirei a bateria."

"Ainda tem o meu carro."

"Isso me trará um pouco mais de dor de cabeça, lhe garanto, porém vou descartá-lo. Vou fazê-lo despencar de um penhasco e voltarei para casa de algum jeito. De qualquer maneira, ninguém estará interessado em meus passos, já que nunca fui um suspeito nesse caso. Não se preocupe, eu me safarei disso."

Ele retomou à escavação.

XXVIII

A vantagem da escuridão é que não há sombras.

Hulda fechou os olhos.

Ela decidiu parar de se debater. Desistir da luta.

A sensação sufocante de claustrofobia era horrível, indescritível, mas, estranhamente, ela sentiu uma espécie de paz pairando sobre ela, uma vez que ela se resignou ao inevitável, à percepção de que ninguém estava vindo em seu socorro, que estes eram seus momentos finais de vida. Ela nunca iria suportar a humilhação de ser processada por má conduta profissional. No caso de sua morte, Magnús desistiria do processo contra ela, estava certa disso. Seus pensamentos voaram até Pétur. Ele poderia estar lhe esperando. Talvez ele tenha tentado ligar para ela. E ele teria que esperar para sempre.

Seu rosto estava quase todo coberto de terra agora.

Acima de tudo, a morte lhe oferecia uma saída misericordiosa: o fim dos pesadelos. A absolvição há muito tempo desejada. Paz. Pelos últimos vinte anos ou mais, Hulda vinha tentando reparar o que tinha feito, o ato que pesava tanto em sua alma, demonstrando compreensão e simpatia aos culpados. Às vezes, isso a levou a ultrapassar os limites, como no caso de Emma. A mulher tinha cometido um crime, atropelado um pedófilo, mas Hulda a tinha compreendido muito bem.

Ela não sabia quanto tempo lhe restava. Apenas alguns breves segundos.

Nesse momento, ela quase desejou acreditar em um poder superior. Ela ia à igreja regularmente com seus avós quando era criança, porém, mais tarde, após a morte de sua filha, os últimos vestígios de sua fé a abandonaram.

Uma vez que não tinha amado mais ninguém no mundo como a seu marido e sua filha, seus pensamentos retornaram a Jón e Dimma.

Porém, quando ela descobriu que Jón estava submetendo Dimma a uma crueldade indescritível, seu amor tinha se transformado em ódio. De uma só vez ela perdeu os dois: Dimma tirou sua própria vida; Jón havia se transformado em um monstro. Seu ódio se intensificou a cada dia, crescendo na proporção de uma grande e incontrolável raiva. O que ele havia feito nunca poderia ser perdoado, só que ele estava vivo, e Dimma não. Toda vez que Hulda o via, ela pensava em Dimma. Sua filha estava morta, ela havia falhado com ela e, no entanto, ela foi inundada com um amor de mãe mais poderoso até mesmo do que quando Dimma estava viva.

Ela tinha que eliminar Jón de sua vida. Divorciar-se dele não seria suficiente, e ela não queria arrastar a família em um inquérito público sobre abuso sexual. Isso estava fora de questão. Não, ela queria que tudo permanecesse bem discreto; para isso, Jón teria que morrer, teria que pagar por seus crimes hediondos.

Nesse caso, foi bem fácil.

Jón tinha um problema cardíaco, mas ele poderia ter vivido até a velhice com a medicação correta.

Hulda havia substituído seus comprimidos por um placebo, e então esperou, com a esperança de que a mudança provocasse algum efeito, que ele, um belo dia, apenas adormecesse e nunca mais acordasse.

Claro que ela sabia que o que estava fazendo era errado. Não apenas errado, era um puro e simples assassinato. No entanto, ela afastou esses sentimentos, focando no trabalho que tinha que ser feito, em se livrar de Jón. E esperando encontrar um pouco de paz. O desejo por justiça era esmagador; ela teve que vingar a morte da filha. Entretanto, mais do que isso, ela não conseguia suportar a ideia de Jón ter permissão para viver mais tempo.

Depois que ela bolou o plano, ela não teve mais dúvidas. Essas vieram depois, tarde demais.

No fim, ela esperou o suficiente. Um dia, ela foi para casa almoçar, sabendo que Jón estaria lá. Ela, deliberadamente, começou a brigar com ele e se manteve impiedosa, levando Jón a tal estado que ele teve uma parada cardíaca intensa.

Ele caiu no chão da sala de estar, incapaz de falar, incapaz de gritar, porém ele ainda estava vivo. Ele olhou para ela, com um olhar suplicante. Ele não podia saber o que ela havia feito, e Hulda não sentiu vontade de explicar. Ela apenas ficou lá, assistindo sua morte, pensando em

Dimma. Ela não sentiu nada; nenhum arrependimento, contudo também não sentiu prazer. E então, quando ele se foi, ela sentiu um alívio, isso tudo tinha acabado, enfim.

Hulda sabia que agora poderia seguir em frente. Claro que nada voltaria ao normal, entretanto ela estava segura de que tinha feito o que precisa fazer.

Ela havia matado um homem que havia cometido um crime pior que assassinato.

Ela o deixou no chão e voltou ao trabalho.

Mais tarde, ela foi para casa, "encontrou" o corpo e chamou uma ambulância. E foi isso o que aconteceu.

Um homem de coração fraco cai morto antes do tempo. Nada de incomum nisso. Sua filha havia se matado não muito antes; foi uma grande tensão. Não havia suspeita alguma sobre o verdadeiro motivo do suicídio de Dimma, muito menos que poderia ter havido algo de anormal sobre a morte de Jón. Todos simpatizavam com sua esposa, que era, além disso, uma policial. Claro que não houve inquérito. Claro que ela se safou disso, mas não se passou nenhuma noite, desde que Jón morreu, sem que ele não viesse visitá-la em seus sonhos. Ela havia cometido assassinato e se safou, não obstante descobriu que não conseguia viver com o fato.

Então, talvez, isso fosse uma punição adequada, ela pensou, que sua vida deveria terminar dessa maneira cruel.

Hulda tentou não entrar em pânico, embora a terra agora estivesse bloqueando suas vias aérea, fazendo-a engasgar. Ela esperou pelo inevitável, pensando em sua filha. Claro, Dimma nunca saiu de sua mente, não de verdade, mas agora Hulda conseguia ver seu rosto com nitidez, no qual um amor infinito misturado com uma culpa terrível se projetava.

Dimma...

Bjartur parecia ter parado de escavar. Para recuperar o fôlego, talvez. Ou ela talvez tivesse falado o nome de sua filha em voz alta e o desconcertado por um instante?

Então ele começou novamente.

Os pássaros cantavam.

Eles não sabiam que era noite.

Epílogo

"É gratificante ver tantos de vocês reunidos aqui, neste lindo dia, enquanto prestamos nossas últimas homenagens à Hulda Hermanndóttir", o padre disse. "Claro, isso não é um funeral propriamente dito, uma vez que todos sabemos que o corpo de Hulda ainda não foi encontrado. Nós oramos de coração para que ela esteja lá fora, em algum lugar, ainda conosco, ainda aproveitando a vida; para que ela apenas tenha ido embora, por razões pessoais. Então, talvez devêssemos enxergar esta ocasião, apesar da tristeza que a permeia, como uma oportunidade de celebrar a vida de Hulda. Nenhum de nós sabe exatamente o que aconteceu no último dia de trabalho de Hulda ou porque ela desapareceu sem deixar rastros, como se estivesse prestes a embarcar em uma longa e feliz aposentadoria, a recompensa por todos os seus anos de serviço dedicados à polícia. Sem dizer que nem todos saúdam esse marco: alguns temem o dia; outros mal podem esperar. Nós não sabemos como Hulda se sentiu sobre sua aposentadoria ou o que estava passando por sua cabeça no último dia, nem sabemos onde seu corpo está agora, mas uma coisa que podemos ter certeza é de que ela pode descansar ali, se conciliar com Deus e seus semelhantes."

"Hulda teve uma carreira distinta na polícia, subindo de posição tão rápido quanto sua competência o exigia e sendo respeitada por oficiais subalternos e superiores. A maior parte de sua carreira foi dedicada a investigar crimes graves, garantir a paz e a segurança dos seus concidadãos. Nos últimos anos, ela esteve envolvida na conclusão de muitos de nossos casos mais importantes, muitas vezes na vanguarda do inquérito, em outras trabalhando nos bastidores, evitando os holofotes com a modéstia característica."

"Muitos dos colegas de Hulda foram além do chamado ao dever nos esforços em procurá-la nessa primavera, apesar da quase total falta de indicações sobre onde ela possa ter desaparecido. Eu sei que Hulda teria ficado profundamente comovida pela generosidade altruísta de seus esforços, que é testemunho do afeto que tinham por ela. Seus amigos se recusaram a desistir de sua caçada incessante até que toda a esperança de a encontrar estivesse perdida. Na maior parte do tempo, eles vasculharam as terras altas, onde pode-se dizer era a terra natal de Hulda. Como todos seguramente sabem, a maior paixão de Hulda era caminhar nas montanhas: em suas próprias palavras, ela era uma verdadeira cabra montanhesa. Perdi a conta dos picos que ela escalou... Vamos imaginá-la, então, na véspera de sua aposentadoria, subindo em uma de suas montanhas favoritas para marcar a ocasião, uma jornada que acabou sendo sua última. E vamos nos consolar com o pensamento de que ela agora descansa no coração do deserto islandês que tanto amava."

"Hulda passou os dois primeiros anos de sua vida em um orfanato em Reykjavík, devido a circunstâncias familiares difíceis. Tais coisas não eram incomuns naquele tempo, no entanto ela foi bem cuidada por uma equipe dedicada. Aos dois anos, ela foi morar com sua mãe e, mais tarde, eles se mudaram para a casa de seus avós maternos, tornando-se uma grande família, e Hulda sempre manteve um forte vínculo com sua mãe, avô e avó. Essa infância feliz e amorosa fez bem à vida de Hulda: ela era bem-disposta e se dava bem com todos. Hulda nunca conheceu seu pai, que era um americano."

"Mas havia duas pessoas acima de tudo que ocupavam o lugar mais importante no coração de Hulda. Um era seu esposo, Jón, o qual conheceu ainda jovem e com quem se casou depois de um breve namoro; uma decisão feliz; eles eram descritos como verdadeiras almas gêmeas. Hulda e Jón se mantiveram unidos nos momentos bons e nos difíceis, partilharam muitos interesses e complementaram-se mutuamente, como bons companheiros deveriam ser. Amigos testemunham o fato de que nunca trocaram fogo cruzado. Eles construíram a casa deles perto do mar em Álftanes, ainda uma zona rural naquele tempo, e talvez tenha sido lá que a paixão de Hulda pela paisagem islandesa despertou pela primeira vez."

"Foi lá também que a menina dos olhos deles, a filha, Dimma, nasceu. Dimma era popular na escola e uma aluna modelo, uma garotinha que prometia e, como esperado, Hulda e Jón tinham muito orgulho dela. Então sua morte trágica no início da adolescência veio como um golpe devastador para seus pais. Eles lidaram com estoicismo e coragem, inseparáveis como sempre, sem dúvida extraindo grande conforto um do outro. Eles continuaram vivendo em Álftanes e, quando foi possível, voltaram ao trabalho: Hulda para a polícia, Jón para seu trabalho em investimento. Então, dois anos depois, Hulda também perdeu Jón, o amor de sua vida. Ele tinha sido diagnosticado com um problema cardíaco grave há muitos anos; o que ninguém esperava era que ele fosse morrer tão jovem. Mais uma vez, Hulda foi chamada para lidar com um choque terrível e respondeu com coragem indomável, recuperando-se, enfrentando a vida e continuando a deixar sua marca em uma profissão exigente."

"Hulda nunca esqueceu de Jón ou de Dimma. E, como sabemos, ela sempre permaneceu fiel à sua fé cristã, convicta de que se reuniria com seus amados após a morte. Para todos nós que sentimos tanta falta de Hulda, é reconfortante saber que ela está descansando agora nos braços de Jón e Dimma, a quem ela amava mais do que a própria vida."

"Deus abençoe a memória de Hulda Hermannsdóttir."

Fonte:
Georgia
Papel:
Cartão LD 250g/m2 e pólen Soft LD 80g/m2
da Suzano Papel e Celulose